La bibliothèque Gallimard

Stendhal

Vanina Vanini
Mina de Vanghel
Les Cenci

Lecture accompagnée par
Véronique Anglard
agrégée de lettres modernes

La bibliothèque Gallimard

Florilège

«En 1796, comme le général Bonaparte quittait Brescia, les municipaux qui l'accompagnaient à la porte de la ville lui disaient que les Bressans aimaient la liberté par-dessus tous les autres Italiens. – Oui, répondit-il, ils aiment à en parler à leurs maîtresses.» (*Vanina Vanini*)

«Toutes les idées d'avenir, toutes les tristes suggestions du bon sens disparurent; ce fut un instant d'amour parfait.» (*Vanina Vanini*)

«Le bonheur qu'elle ressentit en ce moment la sépara pour toujours de la vertu.» (*Mina de Vanghel*)

«Voir et entendre à chaque instant l'homme dont elle était folle était l'unique but de sa vie : elle ne désirait pas autre chose, elle avait trop de bonheur pour songer à l'avenir.» (*Mina de Vanghel*)

«À le bien prendre, la France seule est complètement délivrée de cette passion, qui fait faire tant de folies à ces étrangers : par exemple, épouser une fille pauvre, sous le prétexte qu'elle est jolie et qu'on en est amoureux.» (*Les Cenci*)

«Eh bien! se sera-t-il dit, je suis l'homme le plus riche de Rome, cette capitale du monde; je vais me moquer publiquement de tout ce que ces gens-là respectent, et qui ressemble si peu à ce qu'on doit respecter.» (*Les Cenci*)

Ouvertures

Le présent volume réunit trois nouvelles stendhaliennes, en suivant de manière chronologique l'ordre de leur rédaction et de leur éventuelle parution. En effet, notre auteur n'a, lui-même, jamais composé de recueil. De ce fait, tout principe de structuration risque de devenir aléatoire et subjectif. Selon nous, la présentation adoptée ici permet de restituer au mieux la progressive appropriation, par Stendhal, des documents à la source de la fiction. Son aspiration à l'idéal, son culte du héros et son idéal amoureux font de lui un auteur séduisant à plus d'un titre, pour de jeunes esprits comme pour des lecteurs avertis.

Stendhal, un auteur européen

Vanina Vanini, *Mina de Vanghel*, *Les Cenci* : deux chroniques romaines et un récit partiellement situé en Allemagne nous ouvrent des horizons sentimentaux et européens. Ces nouvelles éclairent aussi, chacune à sa manière, une facette de Stendhal, un auteur à la personnalité riche mais contradictoire et sans doute mal connu. Et pour cause ! (*Souvenirs d'égotisme*, en date du 24 juin 1832) :

« Je suis accoutumé à paraître le contraire de ce que je suis. Je regarde et j'ai toujours regardé mes ouvrages comme des billets à la loterie. Je n'estime que d'être réimprimé en 1900. **»**

La découverte d'anciens manuscrits italiens
Pour inventer, Stendhal a besoin de se saisir d'un canevas préexistant, qu'il s'agisse de faits divers tragiques comme pour *Le Rouge et le Noir* ou

de récits suggestifs, tel le roman de Mme Gaultier, qui lui inspire la trame de *Lucien Leuwen*. En mars 1833, il se trouve à Rome ; il traverse une crise morale et sentimentale ; il va découvrir dans l'hôtel de Mme Teresa Caetani un dérivatif à son ennui. Elle lui ouvre les portes de la bibliothèque familiale. Tout à la fièvre de sa recherche, il repère des documents recouverts de poussière ; il vit cette situation mythique que tous les romanciers prétendent avoir connue lorsque, dans leurs préfaces, ils affirment avoir trouvé leurs œuvres dans des greniers ou des coffres anciens. Les manuscrits italiens lui offrent des récits proches du témoignage historique, de ces documents bruts, typiques de l'art du nouvelliste. Ainsi, Stendhal se veut au plus proche de la nature humaine dans tout ce qu'elle peut receler d'exigences terribles, de passions égoïstes et cruelles.

Très vite, il sélectionne les textes qui le captivent, qui le touchent, le séduisent. Il envisage soit une publication intégrale de ces « chroniques », soit une adaptation plus personnelle des textes. Cette dernière solution prévaudra, sans doute par la force des choses. Le terme de **chronique** désigne un récit historique rédigé par un témoin des faits, sans prétention à l'exhaustivité. Le mode narratif rend compte de la subjectivité de tout point de vue, typique, dans la création stendhalienne, du réalisme subjectif dont nous préciserons la teneur ci-après. Ces manuscrits italiens inspirent une nouvelle de notre recueil : *Les Cenci*. Le développement de la fiction rend perceptible l'appropriation personnelle des documents-sources par Stendhal. Cependant, de son vivant, il ne publiera pas de recueil de nouvelles. Il faut attendre 1855 pour que paraisse, chez l'éditeur Michel Lévy et sous le titre de *Chroniques italiennes*, trouvé par Romain Colomb (exécuteur testamentaire de Stendhal), un volume regroupant, entre autres, les trois nouvelles proposées ici.

La rapidité de la rédaction ou l'art de l'improvisation

Réaliste ou fantastique, la nouvelle s'ouvre sur le récit de faits vraisemblables. Courte, condensée dans un espace-temps réduit, elle est centrée sur une seule action : même si plusieurs péripéties se succèdent, elle tend à illustrer une seule idée et sa concision implique le maniement d'un tempo rapide délimitant avec brio les lieux, la durée de l'action et suggérant la psychologie des personnages. Cette rapidité convient à Stendhal, célèbre pour la célérité de son écriture et la concision de son style. Il ne revient pratiquement jamais sur ses manuscrits ; il n'a pas relu jusqu'au bout *Le Rouge et le Noir* ; il dicte à un copiste *La Chartreuse de Parme* en un temps record (du 4 novembre au 26 novembre 1838) parce que, une fois mise en branle, son imagination court plus vite que sa plume : « J'improvisais en dictant : je ne savais jamais, en dictant un chapitre, ce qui arriverait au chapitre suivant. »

Le 25 mai 1840, à Civitavecchia, près de Rome, Stendhal écrit quelques notes éclairantes sur son *Art de composer les romans* :

《 Je ne fais point de plan. Quand cela m'est arrivé, j'ai été dégoûté du roman par le mécanisme que voici : je cherchais à me souvenir en écrivant le roman des choses auxquelles j'avais pensé en écrivant le plan, et, chez moi, le travail de la mémoire éteint l'imagination. Ma mémoire fort mauvaise est pleine de *distractions*. La page que j'écris me donne l'idée de la suivante : ainsi fut faite *La Chartreuse*. **》**

Stendhal, l'éternel étranger

Dans *La Chartreuse de Parme* et ses *Chroniques italiennes,* Stendhal révèle sa fascination pour l'Italie des xive et xve siècles, où les passions pouvaient s'exprimer en toute liberté dans l'élite de la société. Pour lui, 1789 ouvre la voie à une nouvelle aristocratie : celle de l'idéal. Les âmes fortes éprouvent la nostalgie d'un temps où la noblesse se prouvait – à tous les sens du terme –, où les êtres supérieurs rendaient un culte à la *virtù* italienne, terme calqué sur l'étymon latin *virtus*, « force virile, valeur, courage ». Mais cet heureux temps n'est plus, à une époque où domine le désir de gagner de l'argent et où la religion se perd dans le formalisme, privilégiant la lettre sur l'esprit divin. Le héros stendhalien peut paraître fou aux bourgeois conformistes. La « folie » stendhalienne désigne le principe de singularité propre aux esprits supérieurs dans une société médiocre. Elle révèle leur originalité et leur authenticité, inaccessibles au vulgaire. Ce trait psychologique s'avère souvent indissociable, sur le plan spatial, du motif de la prison : tout en vivant dans une

Stendhal.

prison mentale, les êtres d'élite se retrouvent aussi très souvent dans les récits de Stendhal incarcérés dans un espace concentrationnaire.

On a beaucoup dit qu'il idéalisait les pays étrangers, pour mieux exprimer le dégoût qu'avait pu lui inspirer une France qui s'était montrée inférieure à sa représentation idéale. Mais, dans ses *Souvenirs d'égotisme*, il reconnaît clairement s'être trompé lorsqu'il crut trouver mieux en Angleterre qu'en France. L'auteur y dénigre notamment le mercantilisme et le libéralisme anglais :

« Ce fut, ce me semble, en septembre 1821 que je partis pour Londres. Je n'avais que du dégoût pour Paris. J'étais aveugle […]. Les Anglais sont, je crois, le peuple du monde le plus obtus, le plus barbare. Cela est au point que je leur pardonne les infamies de Sainte-Hélène. **»**

Conscient de sa laideur, Stendhal incarne l'éternel étranger, dans le temps et l'espace : il aurait sans doute aimé posséder l'anneau de

Gygès, qui conférait le don d'invisibilité à son porteur. Il a fait mieux encore en s'incarnant dans ses personnages. Son désir d'être partout et de nulle part participe d'une sensibilité romantique : l'étrangeté radicale n'est autre que l'étrangeté au monde.

Une sensibilité romantique revisitée par une esthétique de l'ironie

L'art de Stendhal s'inscrit dans la double mouvance du romantisme et du réalisme pour mieux contester l'un et l'autre. En effet, il vit dans la première moitié du XIXᵉ siècle, époque dominée par un mouvement littéraire important : le romantisme.

Qu'est-ce que le romantisme ?
Le romantique éprouve le sentiment qu'il ne vit pas à une époque et dans un pays susceptibles de satisfaire ses aspirations à l'infini et à l'idéal. Sensible à l'extrême, il souffre d'un profond mal de vivre dans une société hermétique aux valeurs spirituelles, uniquement préoccupée de profits et soucieuse d'émulation. Il affectionne donc la retraite dans une nature authentique, en harmonie avec ses états d'âme. Il exprime sa douleur et cultive l'expression de ses tourments personnels. « On habite, constate Chateaubriand (1768-1848), avec un cœur plein, un monde vide ; et sans avoir usé de rien, on est désabusé de tout. » Du romantisme, Stendhal retient l'exigence d'idéal, le sentiment d'être étranger au monde, au réel en général, car la vie tout entière s'identifie, pour lui, à une prison comme en témoigne la récurrence, évoquée précédemment, des motifs de l'enfermement et de la geôle.

La prose, un miroir pour le moi, des nouvelles pour en éclairer les facettes : l'égotisme mais pas le narcissisme
Comme tout romantique, Stendhal pratique ce qu'il appelle lui-même l'« égotisme », autrement dit il part toujours de lui, de ses sentiments,

de ses expériences personnelles; mais, à la différence de Narcisse, il veut aller vers les autres. Il s'inspire de héros qui lui ressemblent; à partir de ces données, son imagination travaille et procède par amplifications progressives et généralisantes. Il se projette dans une histoire, l'enrichit de ses rêves et fantasmes. L'honnêteté consiste à ne pas présenter une fiction comme l'expression objective d'une réalité impossible à cerner et à représenter en elle-même.

Stendhal se moque souvent de lui-même. Chez lui, le sentiment d'appartenir à la nouvelle aristocratie, celle de l'intelligence, va de pair avec l'autodérision. Ainsi, il déteste son père et il refuse de publier une œuvre sous son nom patronymique, Beyle. Il entretient un rapport complexe à son identité et choisit ses pseudonymes en fonction de son humeur et des circonstances. Il se forge une identité littéraire et se constitue lui-même comme un lecteur privilégié de ses propres œuvres; cette autosuffisance apparente n'exclut pas la prise de distance critique : ainsi, il envisage un moment de faire paraître sa version des manuscrits italiens qui inspirent les actuelles *Chroniques italiennes* sous le pseudonyme de « Bourriquet »… Stendhal le misanthrope se suffit à lui-même, mais il se considère sans affectation ni complaisance. Néanmoins, et nous retrouvons une de ces contradictions qui le caractérisent, il espère une reconnaissance, plus tard… quand l'intelligence évincera la médiocrité, la peur du ridicule et l'affectation de mépris. Le désir de passer à la postérité semble indissociable pour Stendhal de la conviction que plaire à ses contemporains équivaut à ne pas passer à la postérité. En effet, sous la Restauration, la société française se caractérise, d'après lui, par sa sottise, sa médiocrité mercantile, son infatuation prétentieuse. De tels individus ne sauraient saisir la finesse d'une esthétique qui se moque des effets prétentieux.

La fraternité de tous les arts

Pour les romantiques, tous les arts sont frères. Grand amateur de peinture et de musique, Stendhal fait du commentaire esthétique un prélude à la narration qu'il ancre dans une réalité à la fois historique et artistique. En effet, lorsque nous commençons la lecture de la nouvelle intitulée *Les Cenci*, nous avons l'impression de parcourir du regard les

Raphaël, *La Transfiguration*.

rayonnages d'une bibliothèque, d'ouvrir le *Dom Juan* de Molière, tout en écoutant l'opéra de Mozart, *Don Giovanni*, pour mieux contempler les précieux tableaux de la galerie Barberini. En outre, à la fin de cette nouvelle, Stendhal précise que la jeune fille fut enterrée devant *La Transfiguration* de Raphaël, œuvre inachevée par l'auteur, mort avant d'avoir pu la terminer. Sur cette toile, le Christ, fils de Dieu, s'élève vers le ciel et affirme son éclatante part divine. Ainsi, l'art sauve l'esprit du néant. L'écriture instaure un système de résonance où les œuvres pictu-rales et musicales se répondent, complètent et commentent le discours. Stendhal ne pratique pas l'art de la description : « Occupé du moral, la description du physique m'ennuie » – *Souvenirs d'égotisme*, dans

Œuvres intimes, Gallimard, Pléiade, 1981, p. 434 et p. 457. Ainsi, le tableau de Guido Reni se substitue-t-il à la description de l'héroïne, Béatrix Cenci.

La nostalgie romantique de l'héroïsme aux sources de la critique politique

Libéral en politique, Stendhal méprise la médiocrité de la Restauration française : seuls les arrivistes «parviennent», gravissent les échelons de la hiérarchie sociale (*Souvenirs d'égotisme*) :

« Libéral moi-même, je trouvais les libéraux outrageusement niais. **»**

En 1789, la prise de la Bastille devait mettre l'Ancien Régime aux oubliettes de l'histoire, mais elle a contribué à l'émergence d'une classe de possédants : les bourgeois, uniquement préoccupés par le profit. L'Empire n'aura pas tenu ses promesses libertaires. 1830 renouvellera la déception. Stendhal devra solliciter des personnes influentes pour s'assurer une aisance très relative. Désenchanté, il trouve son inspiration dans le décalage irréductible entre une réalité médiocre et les êtres d'exception. Il transforme l'Italie en espace fictionnel et il s'y projette d'autant mieux qu'il choisit des périodes reculées dans le temps pour cadre à ses histoires. Ce double décalage, dans l'espace et le temps, nourrit sa nostalgie de l'héroïsme. Ses récits sont autant de réquisitoires menés contre une société sans illusion et sans valeur. Mais, républicain, voire jacobin, Stendhal ne veut pas parler politique dans un roman. Son art consiste à suggérer sans expliquer : dans son œuvre, même le silence signifie.

Stendhal : être exact avant tout

Même s'il cultive un certain narcissisme et revendique une subjectivité typique du romantisme, Stendhal en déteste l'esthétique : il ne supporte pas les images, les périphrases, les envolées, les débordements lacrymaux. Il postule la complicité d'un lecteur à la sensibilité assez fine pour interpréter les silences pudiques, les non-dits tragiques, les ellipses narratives. Donc, sur le plan esthétique, il se rapproche des conteurs classiques, des moralistes auteurs de textes courts, bien frappés et frappants. La réflexion sur soi ouvre sur la mise en scène de l'humain, dans son universalité. Il ne supporte pas l'emphase et se veut exact, exigence qu'il associe à l'authenticité (*Souvenirs d'égotisme*) :

《 Avant tout, je veux être vrai. Quel miracle ce serait dans ce siècle de comédie, dans une société dont les trois quarts des acteurs sont des charlatans. **》**

Ennemi de tout système, Stendhal n'a jamais formalisé son esthétique. Il ne s'intéresse qu'à la quête d'un bonheur défini comme un absolu ; en dehors de l'idéal, rien ne le captive. Il cultive une exigence morale élevée et les manuscrits italiens le séduisent parce qu'ils lui fournissent un scénario de faits bruts, faisant affleurer, jusqu'à l'extrême, les profondeurs du cœur humain. La passion italienne exprime une exigence brutale, celle de la nature que la médiocrité bourgeoise veut dominer, conformer au modèle dominant, niveler.

Éléments d'une biographie

Une formation scientifique (1783-1796)
Marie-Henri Beyle dit Stendhal naît le 23 janvier 1783 à Grenoble. Son père est avocat au Parlement du Dauphiné. «Les parents du jeune B., écrit Stendhal dans une de ses notices autobiographiques, étaient dévots et devinrent des aristocrates ardents, et lui patriote exagéré.» À sept ans, il perd sa mère et cette disparition aura une influence considérable sur son évolution. Il déteste son père, qu'il juge médiocre. Il ne trouve de réconfort qu'auprès de son grand-père maternel. Cet homme «éclairé», élu aux États provinciaux de Romans (1788), forme le caractère du jeune Beyle. Fin 1792, ce dernier subit le despotisme de l'abbé Raillane, prêtre qui refuse la Révolution et jouera un rôle déterminant dans la détestation que Stendhal voue au clergé, et surtout aux jésuites. En effet, le jeune Beyle se dit jacobin convaincu et se gausse de ses parents, monarchistes désespérés par la mort de Louis XVI et donc sus-

pects aux jacobins. Entré en 1796 à l'École centrale de Grenoble, Beyle se passionne pour les sciences exactes qu'il assimile à une école de vérité. À seize ans, il obtient le premier prix de mathématiques et espère passer le concours d'entrée à Polytechnique pour échapper à Grenoble, sa ville natale, qu'il exècre.

Henri Beyle et Napoléon Bonaparte (1799-1814)

Le jeune Beyle arrive à Paris le 10 novembre 1799, soit le lendemain du 18 Brumaire, date du coup d'État de Bonaparte : il oublie ses ambitions scolaires, si tant est qu'il en ait jamais eu. En 1800, il suit l'expédition de Marengo et Pierre Daru, son cousin, le fait nommer sous-lieutenant au 6e régiment de dragons. À Milan, il noue une liaison orageuse avec Angela Pietragrua. Mais la vie errante de garnison l'ennuie. Il démissionne et s'installe à Paris pour y devenir un « génie » dramatique… C'est l'échec, mais Beyle veut parvenir, à l'instar de son modèle, Bonaparte. Grâce à la protection de son cousin, il devient fonctionnaire impérial en Allemagne, en Autriche, en Hongrie. En août 1810, il entre comme auditeur au Conseil d'État. Nommé inspecteur du mobilier des bâtiments de la Couronne, il mène, enfin, grand train. Il suit l'Empereur à Moscou. Mais son avancement marque le pas : déçu, il retourne en Italie. En 1814, la capitulation de Napoléon signe sa ruine.

Stendhal, l'italianiste exigeant mais désargenté (1814-1830)

Après la chute de l'Empire, Beyle se retrouve à Milan, endetté et abandonné, entre autres, par Angela. Il écrit l'*Histoire de la peinture en Italie*. Elle paraît en 1817 avec *Rome, Naples et Florence*. Il reprend une *Vie de Napoléon* à jamais impubliable. Il subit les dédains de Mathilde Dembrowski, sa grande passion. Son désespoir amoureux lui inspire un traité : *De l'amour.* En 1821, suspect parce que ami des libéraux, Stendhal rentre en France. Il se lance dans la bataille littéraire avec son *Racine et Shakespeare* (1823-1825) où il se prononce pour la modernité dans l'art : on ne peut plus aimer les tragédies écrites pour nos grands-pères. En janvier 1822, il écrit des articles sur les beaux-arts pour des publications anglaises. Il rêve d'un journalisme authentique et

Conservé dans un petit médaillon, voici le portrait de la femme aimée : Mathilde Dembrowski.

véridique. Il écrit un article sur Rossini, qui lui inspirera une *Vie de Rossini*. Financièrement aux abois, il voyage et écrit un roman : *Armance* (1827), court récit, tout en allusions et évocations de l'impuissance masculine. Telles les facettes d'un prisme, ses nouvelles éclairent les différentes réalisations de la passion : le 3 décembre 1829, il envoie au docteur Véron, pour la *Revue de Paris*, « Vanina Vanini », une nouvelle italienne ; au tournant des années 1829-1830, la mode de l'Espagne et un défi lancé à son ami, Mérimée, lui inspire « Le Coffre et le Revenant » et « Le Philtre » ; entre-temps, il mène à bien la rédaction de « Mina de Vanghel », illustrant une version allemande de la passion. *Le Rouge et le Noir* paraît en novembre 1830, devient le livre à la mode et inspire de nombreux articles critiques dans les journaux de l'époque. En septembre, nommé consul de France à Trieste, il repart en Italie.

L'ennui existentiel et l'inachèvement romanesque (1830-1842)

L'Italie est occupée par l'Autriche. Toujours suspect à cause de son libéralisme, Vienne refuse à Stendhal le maintien de son poste. Consul à Civitavecchia, petite ville près de Rome, il s'ennuie. Le gouvernement pontifical le tolère. Il retrouve Giulia Rinieri, de qui il avait demandé la main, mais elle se marie avec un autre. Stendhal accumule les déboires amoureux et ses fonctions lui interdisent de publier. Il écrit, par désœuvrement, pour dialoguer avec lui-même et les « happy few », la postérité qui pourra l'apprécier à sa juste valeur. Il éprouve peu d'estime pour ses contemporains, qui le lui rendent bien.

Stendhal passe d'une œuvre à l'autre sans rien achever : des ouvrages autobiographiques, *Souvenirs d'égotisme* (1835), *Vie de Henry Brulard* (1835-1836); des récits de voyages, *Mémoires d'un touriste* (1838); des romans, *Une position sociale* (1832), *Lucien Leuwen* (1834), *Lamiel* (1839-1842). Mais il mène à son terme la rédaction de *La Chartreuse de Parme*, qui paraît en 1839 et qui fait dire à Balzac : « M. Beyle a fait un livre où le sublime éclate de chapitre en chapitre… Le côté faible de cette œuvre est le style, en tant qu'arrangement des mots. » Stendhal achève quelques nouvelles; elles paraîtront après sa mort sous le titre de *Chroniques italiennes*. Frappé par une attaque d'apoplexie en mars 1841, il obtient un congé, mais une deuxième attaque le foudroie le 22 mars 1842. Écrit de 1801 à 1817, son *Journal* paraît en 1932.

Stendhal sous le feu des jugements

George Sand (1804-1876) :
« Gras et d'une physionomie très fine pour le masque empâté… Beyle restait satirique et railleur… Il […] cherchait à découvrir dans chaque interlocuteur quelque prétention à rabattre… Je ne crois pas qu'il fût méchant : il se donnait trop de peine pour le paraître. »

Honoré de Balzac (1799-1850), *Revue parisienne*, 25 septembre 1840 :
« M. Beyle a fait un livre (*La Chartreuse de Parme*) où le sublime éclate de chapitre en chapitre. Il a produit, à l'âge où les hommes trouvent rarement des sujets grandioses et après avoir écrit une vingtaine de volumes extrêmement spirituels, une œuvre qui ne peut être appréciée que par les âmes et par les gens vraiment supérieurs. Enfin il a écrit le *Prince moderne*, le roman que Machiavel écrirait, s'il vivait banni de l'Italie au dix-neuvième siècle. »

Hippolyte Taine (1828-1893) :
« Nul n'a mieux enseigné à ouvrir les yeux et à regarder, à regarder d'abord les hommes environnants et la vie présente, puis les documents anciens et authentiques, à lire par-delà le blanc et le noir des pages, à voir sous la vieille impression, sous le griffonnage d'un texte, le sentiment précis, le mouvement d'idées, l'état d'esprit dans lequel on l'écrivait. »

André Suarès (1868-1948), *Voyage du condottiere* :
« En son âge mûr, Stendhal est tout pareil aux Provençaux de son temps ; et son portrait rappelle maint Provençal, comme j'en ai connu dans mon enfance. À soixante ans, il eût donné toute la gloire du monde pour l'amour d'une jeune femme. Est-ce une faiblesse d'y prétendre, en dépit d'elles et de soi ? Ou n'est-ce pas plutôt le signe d'une force qui dure ? Et pourtant, sans l'avoir beaucoup avoué, Stendhal jeune homme a chèrement aimé la gloire. Mais certes, il a conquis une immortelle maîtresse, qui ne l'a point trahi, et qu'il nous a laissée : l'Italie tragique. »

Remy de Gourmont (1858-1915) :
« La philosophie de Stendhal est plus facile à goûter qu'à déduire. Elle se résumerait peut-être en un mot, qui, malheureusement, n'a pas un sens très net : l'absence de préjugés. Il ne croit pas aux catégories selon lesquelles nous classons les actions humaines. »

Histoire et culture au temps de Stendhal

	Histoire	Culture	Vie et œuvre de Stendhal
1783			Naissance à Grenoble.
1789	Révolution française.		
1790	Constitution civile du clergé.	Jussieu organise le jardin des Plantes, à Paris.	Mort de sa mère, Henriette Gagnon.
1796			Entrée à l'École centrale de Grenoble.
1799	18 Brumaire : coup d'État de Napoléon Bonaparte.		1er prix de mathématiques. Départ pour Paris.
1800	Début du Consulat.	Mme de Staël, *De la littérature*.	Travaille au ministère de la Guerre. Départ pour l'Italie où il a la révélation de la musique. Nommé sous-lieutenant de cavalerie.
1802	Napoléon Bonaparte, Consul à vie.	Chateaubriand, *Génie du christianisme*.	Séjour à Paris et Grenoble.
1804	Début du premier Empire.	Beethoven, *Symphonie héroïque*.	Suit à Marseille l'actrice Mélanie Guilbert.
1805	Bataille d'Austerlitz. Napoléon roi d'Italie.		
1806			Il part pour la Prusse. Vie administrative.
1808	Napoléon occupe Espagne et Portugal.	Goethe, *Faust*.	Fin novembre : retour à Paris.
1810	Napoléon épouse Marie-Louise d'Autriche.	Mme de Staël, *De l'Allemagne*.	Paris : période faste ; dandysme.
1811			Retour en Italie. Liaison avec Angela Pietragrua. *Histoire de la peinture en Italie*.
1812	Retraite désastreuse de Russie.	Les frères Grimm, *Contes*.	
1813	Soulèvement de l'Europe contre Napoléon.	Naissances de Verdi et de Wagner.	Paris, crise morale ; part en Silésie.
1814	Abdication de Napoléon et exil à l'île d'Elbe.	Byron, *Le Corsaire*. Goya, *La Fusillade du 3 mai 1808*.	Milan, où il retrouve Angela.
1815	Cent-Jours : Napoléon retourne en France. Défaite de Waterloo. Début de la Restauration (Louis XVIII au pouvoir).	Constant, *Adolphe*.	Italie ; rupture avec Angela.
1816			Mène une vie mondaine ; rencontre avec Byron.
1817		Schubert, *La Jeune Fille et la mort*. Marie Shelley, *Frankenstein*.	Italie, France, Angleterre. *Histoire de la peinture en Italie – Rome, Naples et Florence en 1817*.
1818		Byron, *Mazeppa*. Byron, *Don Juan*.	Passion pour Mathilde Dembrowski.
1819		Maturin, *Melmoth*. Géricault, *Le Radeau de la Méduse*.	Mort de Chérubin Beyle, père de Stendhal.
1821	Mort de Napoléon à Sainte-Hélène.		Voyage en Angleterre.

Année	Histoire	Arts et littérature	Vie et œuvre de Stendhal
1822		Nodier, *Trilby*. Vigny, *Moïse*. Beethoven, *Missa Solemnis*.	*De l'amour*, essai.
1823			*Racine et Shakespeare*, essai.
1824	Mort de Louis XVIII.	Beethoven, *Neuvième Symphonie*. Delacroix, *Les Massacres de Scio*.	Écrit, pour le *Journal de Paris*. Amant de Clémentine Curial.
1825	Sacre de Charles X. Hugo et Vigny assistent à la cérémonie.		Mort, à Milan, de Mathilde Dembrowski.
1826		Hugo, *Odes et Ballades*.	Rupture avec la comtesse Curial.
1827		Hugo, *Cromwell*.	*Armance*. Voyage en Italie.
1829		Hugo, *Les Orientales*. Goethe, *Wilhelm Meister*.	*Promenades dans Rome*. **Vanina Vanini** paraît dans *La Revue de Paris*.
1830	Monarchie de juillet. Révolution de juillet à Paris (27-29 juillet). Louis-Philippe devient roi des Français.	Hugo, *Hernani*. Lamartine, *Harmonies poétiques et religieuses*. Berlioz, *Symphonie fantastique*.	Giulia Rinieri lui avoue son amour. *Le Coffre et le Revenant*, *Le Philtre*, nouvelles. *Le Rouge et le Noir*, grand succès.
1831		Balzac, *La Peau de chagrin*. Hugo, *Notre-Dame de Paris*.	Consul à Civitavecchia, près de Rome.
1832	Le pape condamne le catholicisme libéral.	Nodier, *La Fée aux miettes*.	Écrit *Souvenirs d'égotisme*.
1833		Musset, *Rolla*.	Giulia le quitte, rencontre Sand et Musset à Rome.
1834	Émeutes ouvrières à Lyon, notamment dans le milieu des ouvriers du textile.	Musset, *Lorenzaccio*. Delacroix, les *Femmes d'Alger*.	Commence un roman laissé inachevé : *Lucien Leuwen*.
1835		Balzac, *Le Père Goriot*. Vigny, *Chatterton*.	Entame son journal. *Vie de Henry Brulard*.
1836		Musset, *La Confession d'un enfant du siècle*.	Retour à Paris.
1837	La reine Victoria monte sur le trône.	Berlioz, *Requiem*. Hugo, *Les Voix intérieures*.	*Vittoria Accoramboni*, nouvelle. **Les Cenci**.
1838	Mort de Talleyrand.	Hugo, *Ruy Blas*.	*Mémoires d'un touriste*. *La Duchesse de Palliano*. S'en inspirera pour *La Chartreuse de Parme*.
1839			*L'Abbesse de Castro*. *La Chartreuse de Parme*.
1840	Retour des cendres de Napoléon.	Poe, les *Histoires extraordinaires*. Hugo, *Les Rayons et les Ombres*.	Ébauche des textes sans les achever.
1842			Meurt d'une attaque d'apoplexie.
1853		Hugo, les *Châtiments*.	Parution posthume de **Mina de Vanghel** dans *La Revue des Deux Mondes*.
1888			*Journal*, première édition posthume.

Alain (1868-1951), *Propos de littérature* :

« Il me plaît parfaitement. On entend bien que je pense ici à deux romans principaux. J'y vois deux modèles de beauté ; je n'en retranche rien. Les premières pages de *La Chartreuse* m'emportent comme le plus beau chant d'Homère. C'est le poème de l'armée d'Italie. Simplicité, jeunesse, poésie, tout s'y égale à ce grand moment. C'est le désespoir des écrivains. »

Vanina Vanini

*ou Particularités
sur la dernière vente de carbonari*

C'était un soir du printemps de 182*. Tout Rome était en mouvement : M. le duc de B***, ce fameux banquier, donnait un bal dans son nouveau palais de la place de Venise[1]. Tout ce que les arts de l'Italie, tout ce que le luxe de Paris et de Londres peuvent produire de plus magnifique avait été réuni pour l'embellissement de ce palais. Le concours était immense. Les beautés blondes et réservées de la noble Angleterre avaient brigué l'honneur d'assister à ce bal; elles arrivaient en foule. Les plus belles femmes de Rome leur disputaient le prix de la beauté. Une jeune fille que l'éclat de ses yeux et ses cheveux d'ébène proclamaient Romaine entra conduite par son père; tous les regards la suivirent. Un orgueil singulier éclatait dans chacun de ses mouvements.

On voyait les étrangers qui entraient frappés de la magnificence de ce bal. «Les fêtes d'aucun des rois de l'Europe, disaient-ils, n'approchent point de ceci.»

Les rois n'ont pas un palais d'architecture romaine : ils sont obligés d'inviter les grandes dames de leur cour; M. le duc de B*** ne prie que de jolies femmes. Ce soir-là il avait

1. Place de Venise : place où convergent les artère principales de Rome.

été heureux dans ses invitations; les hommes semblaient éblouis. Parmi tant de femmes remarquables il fut question de décider quelle était la plus belle : le choix resta quelque temps indécis; mais enfin la princesse Vanina Vanini, cette jeune fille aux cheveux noirs et à l'œil de feu, fut proclamée la reine du bal. Aussitôt les étrangers et les jeunes Romains, abandonnant tous les autres salons, firent foule dans celui où elle était.

Son père, le prince don Asdrubale Vanini, avait voulu qu'elle dansât d'abord avec deux ou trois souverains d'Allemagne. Elle accepta ensuite les invitations de quelques Anglais fort beaux et fort nobles; leur air empesé l'ennuya. Elle parut prendre plus de plaisir à tourmenter le jeune Livio Savelli qui semblait fort amoureux. C'était le jeune homme le plus brillant de Rome, et de plus lui aussi était prince; mais si on lui eût donné à lire un roman, il eût jeté le volume au bout de vingt pages, disant qu'il lui donnait mal à la tête. C'était un désavantage aux yeux de Vanina.

Vers le minuit une nouvelle se répandit dans le bal, et fit assez d'effet. Un jeune carbonaro[1], détenu au fort Saint-Ange[2], venait de se sauver le soir même, à l'aide d'un déguisement, et, par un excès d'audace romanesque, arrivé au dernier corps de garde de la prison, il avait attaqué les soldats avec un poignard; mais il avait été blessé lui-même, les sbires le suivaient dans les rues à la trace de son sang, et on espérait le revoir.

Comme on racontait cette anecdote, don Livio Savelli,

1. Carbonaro : 1818, mot italien signifiant «charbonnier» et désignant les membres d'une société secrète en lutte pour la liberté et l'unité de l'Italie; ils se réunissaient dans des huttes de charbonniers.
2. Fort Saint-Ange : édifice à l'allure de forteresse, d'abord destiné à servir de sépulture à l'empereur Hadrien et sa famille; achevé en 139; transformé au Moyen Âge pour servir aux papes de château fort; depuis l'unité italienne, prison et caserne militaires.

ébloui des grâces et des succès de Vanina, avec laquelle il venait de danser, lui disait en la reconduisant à sa place, et presque fou d'amour :

– Mais, de grâce, qui donc pourrait vous plaire ?

– Ce jeune carbonaro qui vient de s'échapper, lui répondit Vanina ; au moins celui-là a fait quelque chose de plus que de se donner la peine de naître[1].

Le prince don Asdrubale s'approcha de sa fille. C'est un homme riche qui depuis vingt ans n'a pas compté avec son intendant, lequel lui prête ses propres revenus à un intérêt fort élevé. Si vous le rencontrez dans la rue, vous le prendrez pour un vieux comédien ; vous ne remarquerez pas que ses mains sont chargées de cinq ou six bagues énormes garnies de diamants fort gros. Ses deux fils se sont faits jésuites[2], et ensuite sont mort fous. Il les a oubliés ; mais il est fâché que sa fille unique, Vanina, ne veuille pas se marier. Elle a déjà dix-neuf ans, et a refusé les partis les plus brillants. Quelle est sa raison ? la même que celle de Sylla[3] pour abdiquer, *son mépris pour les Romains*.

Le lendemain du bal, Vanina remarqua que son père, le plus négligent des hommes, et qui de la vie ne s'était donné la peine de prendre une clef, fermait avec beaucoup d'attention la porte d'un petit escalier qui conduisait à un appartement situé au troisième étage du palais. Cet appartement avait des fenêtres sur une terrasse garnie d'orangers. Vanina alla faire quelques visites dans Rome ; au retour, la grande

1. Se donner la peine de naître : dans le roman de Stendhal *Le Rouge et le Noir*, Mathilde de La Mole distingue Julien Sorel pour la même raison ; cette phrase fait aussi écho au monologue de Figaro dans la pièce de Beaumarchais, *Le Mariage de Figaro*. Voir Arrêt de lecture 1, p. 65.
2. Jésuite : membre de la Compagnie (ou Société) de Jésus, fondée en 1534 par Ignace de Loyola.
3. Sylla : (138-78 av. J.-C.) général et homme d'État dans la Rome antique ; victorieux en Grèce et en Asie, nommé «dictateur à vie», il se retire de la vie publique en 79 av. J.-C.

porte du palais étant embarrassée par les préparatifs d'une illumination, la voiture rentra par les cours de derrière. Vanina leva les yeux, et vit avec étonnement qu'une des fenêtres de l'appartement que son père avait fermée avec tant de soin était ouverte. Elle se débarrassa de sa dame de compagnie, monta dans les combles du palais, et à force de chercher parvint à trouver une petite fenêtre grillée qui donnait sur la terrasse garnie d'orangers. La fenêtre ouverte qu'elle avait remarquée était à deux pas d'elle. Sans doute cette chambre était habitée; mais par qui? Le lendemain Vanina parvint à se procurer la clef d'une petite porte qui ouvrait sur la terrasse garnie d'orangers.

Elle s'approcha à pas de loup de la fenêtre qui était encore ouverte. Une persienne servit à la cacher. Au fond de la chambre il y avait un lit et quelqu'un dans ce lit. Son premier mouvement fut de se retirer; mais elle aperçut une robe de femme jetée sur la chaise. En regardant mieux la personne qui était au lit, elle vit qu'elle était blonde, et apparemment fort jeune. Elle ne douta plus que ce ne fût une femme. La robe jetée sur une chaise était ensanglantée; il y avait aussi du sang sur des souliers de femme placés sur une table. L'inconnue fit un mouvement; Vanina s'aperçut qu'elle était blessée. Un grand linge taché de sang couvrait sa poitrine; ce linge n'était fixé que par des rubans; ce n'était pas la main d'un chirurgien qui l'avait placé ainsi. Vanina remarqua que chaque jour, vers les quatre heures, son père s'enfermait dans son appartement, et ensuite allait vers l'inconnue; il redescendait bientôt, et montait en voiture pour aller chez la comtesse Vitteleschi. Dès qu'il était sorti, Vanina montait à la petite terrasse, d'où elle pouvait apercevoir l'inconnue. Sa sensibilité était vivement excitée en faveur de cette jeune femme si malheureuse; elle cherchait à deviner son aventure. La robe ensanglantée jetée sur une chaise paraissait avoir été percée de coups de poignard. Vanina pouvait compter les déchirures. Un jour elle vit l'inconnue plus distinctement : ses yeux bleus étaient fixés dans le ciel ; elle semblait prier. Bientôt des larmes remplirent ses beaux yeux : la jeune princesse eut bien de la peine à ne pas lui parler. Le lendemain Vanina osa se cacher sur la petite terrasse avant l'arrivée de son père. Elle vit don Asdrubale entrer chez l'inconnue ; il portait un petit panier où étaient des provisions. Le prince avait l'air inquiet, et ne dit pas grand-chose. Il parlait si bas que, quoique la porte-fenêtre fût ouverte, Vanina ne put entendre ses paroles. Il partit aussitôt.

« Il faut que cette pauvre femme ait des ennemis bien terribles, se dit Vanina, pour que mon père, d'un caractère si insouciant, n'ose se confier à personne et se donne la peine de monter cent vingt marches chaque jour. »

Un soir, comme Vanina avançait doucement la tête vers la croisée de l'inconnue, elle rencontra ses yeux, et tout fut découvert. Vanina se jeta à genoux, et s'écria :

– Je vous aime, je vous suis dévouée.

L'inconnue lui fit signe d'entrer.

– Que je vous dois d'excuses, s'écria Vanina, et que ma sotte curiosité doit vous sembler offensante ! Je vous jure le secret, et, si vous l'exigez, jamais je ne reviendrai.

– Qui pourrait ne pas trouver du bonheur à vous voir ? dit l'inconnue. Habitez-vous ce palais ?

– Sans doute, répondit Vanina. Mais je vois que vous ne me connaissez pas : je suis Vanina, fille de don Asdrubale.

L'inconnue la regarda d'un air étonné, rougit beaucoup, puis ajouta :

– Daignez me faire espérer que vous viendrez me voir

tous les jours ; mais je désirerais que le prince ne sût pas vos visites.

Le cœur de Vanina battait avec force ; les manières de l'inconnue lui semblaient remplies de distinction. Cette pauvre jeune femme avait sans doute offensé quelque homme puissant ; peut-être dans un moment de jalousie avait-elle tué son amant ? Vanina ne pouvait voir une cause vulgaire à son malheur. L'inconnue lui dit qu'elle avait reçu une blessure dans l'épaule, qui avait pénétré jusqu'à la poitrine et la faisait beaucoup souffrir. Souvent elle se trouvait la bouche pleine de sang.

– Et vous n'avez pas de chirurgien ! s'écria Vanina.

– Vous savez qu'à Rome, dit l'inconnue, les chirurgiens doivent à la police un rapport exact de toutes les blessures qu'ils soignent. Le prince daigne lui-même serrer mes blessures avec le linge que vous voyez.

L'inconnue évitait avec une grâce parfaite de s'apitoyer sur son accident ; Vanina l'aimait à la folie. Une chose pourtant étonna beaucoup la jeune princesse, c'est qu'au milieu d'une conversation assurément fort sérieuse l'inconnue eut beaucoup de peine à supprimer une envie subite de rire.

– Je serai heureuse, lui dit Vanina, de savoir votre nom.

– On m'appelle Clémentine[1].

– Eh bien, chère Clémentine, demain à cinq heures je viendrai vous voir.

Le lendemain Vanina trouva sa nouvelle amie fort mal.

– Je veux vous amener un chirurgien, dit Vanina en l'embrassant.

---

1. Clémentine : prénom d'une femme aimée de Stendhal, Clémentine Beugnot, qu'il finit par séduire en 1824 ; leur liaison fut très orageuse ; bien après leur rupture, elle finit par se suicider, en 1840.

– J'aimerai mieux mourir, dit l'inconnue. Voudrais-je compromettre mes bienfaiteurs ?

– Le chirurgien de Mgr Savelli-Catanzara, le gouverneur de Rome, est fils d'un de nos domestiques, reprit vivement Vanina ; il nous est dévoué, et par sa position ne craint personne. Mon père ne rend pas justice à sa fidélité ; je vais le faire demander.

– Je ne veux pas de chirurgien, s'écria l'inconnue avec une vivacité qui surprit Vanina. Venez me voir, et si Dieu doit m'appeler à lui, je mourrai heureuse dans vos bras.

Le lendemain, l'inconnue était plus mal.

– Si vous m'aimez, dit Vanina en la quittant, vous verrez un chirurgien.

– S'il vient, mon bonheur s'évanouit.

– Je vais l'envoyer chercher, reprit Vanina.

Sans rien dire, l'inconnue la retint, et prit sa main qu'elle couvrit de baisers. Il y eut un long silence, l'inconnue avait les larmes aux yeux. Enfin, elle quitta la main de Vanina, et de l'air dont elle serait allée à la mort, lui dit :

– J'ai un aveu à vous faire. Avant-hier, j'ai menti en disant que je m'appelais Clémentine ; je suis un malheureux carbonaro...

Vanina étonnée recula sa chaise et bientôt se leva.

– Je sens, continua le carbonaro, que cet aveu va me faire perdre le seul bien qui m'attache à la vie ; mais il est indigne de moi de vous tromper. Je m'appelle Pietro Missirilli ; j'ai dix-neuf ans ; mon père est un pauvre chirurgien de Saint-Angelo-in-Vado [1], moi je suis carbonaro. On a surpris notre *vente* [2] ; j'ai été amené, enchaîné, de la Romagne [3] à Rome.

1. Saint-Angelo-in-Vado : quartier populaire de Rome.
2. Vente : réunion de carbonari.
3. Romagne : région de l'Italie, située dans le Nord-Est.

Plongé dans un cachot éclairé jour et nuit par une lampe, j'y ai passé treize mois. Une âme charitable a eu l'idée de me faire sauver. On m'a habillé en femme. Comme je sortais de prison et passais devant les gardes de la dernière porte, l'un d'eux a maudit les carbonari ; je lui ai donné un soufflet[1]. Je vous assure que ce ne fut pas une vaine bravade[2], mais tout simplement une distraction. Poursuivi dans la nuit dans les rues de Rome après cette imprudence, blessé à coups de baïonnette[3], perdant déjà mes forces, je monte dans une maison dont la porte était ouverte ; j'entends les soldats qui montent après moi, je saute dans un jardin ; je tombe à quelques pas d'une femme qui se promenait.

– La comtesse Vitteleschi ! l'amie de mon père, dit Vanina.

– Quoi ! vous l'a-t-elle dit ? s'écria Missirilli. Quoi qu'il en soit, cette dame, dont le nom ne doit jamais être prononcé, me sauva la vie. Comme les soldats entraient chez elle pour me saisir, votre père m'en faisait sortir dans sa voiture. Je me sens fort mal : depuis quelques jours ce coup de baïonnette dans l'épaule m'empêche de respirer. Je vais mourir, et désespéré, puisque je ne vous verrai plus.

Vanina avait écouté avec impatience ; elle sortit rapidement : Missirilli ne trouva nulle pitié dans ces yeux si beaux, mais seulement l'expression d'un caractère que l'on vient de blesser.

À la nuit, un chirurgien parut ; il était seul, Missirilli fut au désespoir ; il craignait de ne revoir jamais Vanina. Il fit des questions au chirurgien, qui le saigna et ne lui répondit pas. Même silence les jours suivants. Les yeux de Pietro ne

1. Soufflet : gifle.
2. Bravade : provocation.
3. Baïonnette : arme pointue et amovible, qui s'ajuste au canon d'un fusil.

quittaient pas la fenêtre de la terrasse par laquelle Vanina avait coutume d'entrer; il était fort malheureux. Une fois, vers minuit, il crut apercevoir quelqu'un dans l'ombre sur la terrasse : était-ce Vanina?

Vanina venait toutes les nuits coller sa joue contre les vitres de la fenêtre du jeune carbonaro.

«Si je lui parle, se disait-elle, je suis perdue! Non, jamais je ne dois le revoir!»

Cette résolution arrêtée, elle se rappelait, malgré elle, l'amitié qu'elle avait prise pour ce jeune homme, quand si sottement elle le croyait une femme. Après une intimité si douce, il fallait donc l'oublier! Dans ses moments les plus raisonnables, Vanina était effrayée du changement qui avait lieu dans ses idées. Depuis que Missirilli s'était nommé, toutes les choses auxquelles elle avait l'habitude de penser s'étaient comme recouvertes d'un voile, et ne paraissaient plus que dans l'éloignement.

Une semaine ne s'était pas écoulée, que Vanina, pâle et tremblante, entra dans la chambre du jeune carbonaro avec le chirurgien. Elle venait de lui dire qu'il fallait engager le prince à se faire remplacer par un domestique. Elle ne resta pas dix secondes; mais quelques jours après elle revint encore avec le chirurgien, par humanité. Un soir, quoique Missirilli fût bien mieux, et que Vanina n'eût plus le pré-texte de craindre pour sa vie, elle osa venir seule. En la voyant, Missirilli fut au comble du bonheur, mais il songea à cacher son amour; avant tout, il ne voulait pas s'écarter de la dignité convenable à un homme. Vanina, qui était entrée chez lui le front couvert de rougeur, et craignant des propos d'amour, fut déconcertée de l'amitié noble et dévouée, mais fort peu tendre, avec laquelle il la reçut. Elle partit sans qu'il essayât de la retenir.

Quelques jours après, lorsqu'elle revint, même conduite, mêmes assurances de dévouement respectueux et de reconnaissance éternelle. Bien loin d'être occupée à mettre un frein aux transports du jeune carbonaro, Vanina se demanda si elle aimait seule. Cette jeune fille, jusque-là si fière, sentit amèrement toute l'étendue de sa folie. Elle affecta de la gaieté et même de la froideur, vint moins souvent, mais ne put prendre sur elle de cesser de voir le jeune malade.

Missirilli, brûlant d'amour, mais songeant à sa naissance obscure et à ce qu'il se devait, s'était promis de ne descendre à parler d'amour que si Vanina restait huit jours sans le voir. L'orgueil de la jeune princesse combattit pied à pied. « Eh bien ! se dit-elle enfin, si je le vois, c'est pour moi, c'est pour me faire plaisir, et jamais je ne lui avouerai l'intérêt qu'il m'inspire. » Elle faisait de longues visites à Missirilli, qui lui parlait comme il eût pu faire si vingt personnes eussent été présentes. Un soir, après avoir passé la journée à le détester et à se bien promettre d'être avec lui encore plus froide et plus sévère qu'à l'ordinaire, elle lui dit qu'elle l'aimait. Bientôt elle n'eut plus rien à lui refuser.

Si sa folie fut grande, il faut avouer que Vanina fut parfaitement heureuse. Missirilli ne songea plus à ce qu'il croyait devoir à sa dignité d'homme ; il aima comme on aime pour la première fois à dix-neuf ans et en Italie. Il eut tous les scrupules de l'amour-passion, jusqu'au point d'avouer à cette jeune princesse si fière la politique dont il avait fait usage pour s'en faire aimer. Il était étonné de l'excès de son bonheur. Quatre mois passèrent bien vite. Un jour, le chirurgien rendit la liberté à son malade. « Que vais-je faire ? pensa Missirilli ; rester caché chez une des plus belles personnes de Rome ? Et les vils tyrans qui m'ont tenu treize mois en prison sans me laisser voir la lumière du jour croiront m'avoir découragé! Italie, tu es vraiment malheureuse, si tes enfants t'abandonnent pour si peu!»

Vanina ne doutait pas que le plus grand bonheur de Pietro ne fût de lui rester attaché; il semblait trop heureux; mais un mot du général Bonaparte retentissait amèrement dans l'âme de ce jeune homme et influençait toute sa conduite à l'égard des femmes. En 1796[1], comme le général Bonaparte quittait Brescia, les municipaux qui l'accompagnaient à la porte de la ville lui disaient que les Bressans aimaient la liberté par-dessus tous les autres Italiens. – Oui, répondit-il, ils aiment à en parler à leurs maîtresses.

Missirilli dit à Vanina d'un air assez contraint :

– Dès que la nuit sera venue, il faut que je sorte.

– Aie bien soin de rentrer au palais avant le point du jour; je t'attendrai.

– Au point du jour je serai à plusieurs milles[2] de Rome.

– Fort bien, dit Vanina froidement, et où irez-vous?

– En Romagne, me venger.

– Comme je suis riche, reprit Vanina de l'air le plus tranquille, j'espère que vous accepterez de moi des armes et de l'argent.

Missirilli la regarda quelques instants sans sourciller[3]; puis se jetant dans ses bras :

– Âme de ma vie, tu me fais tout oublier, lui dit-il, et même mon devoir. Mais plus ton cœur est noble, plus tu dois me comprendre.

1. 1796 : c'est l'année où Napoléon Bonaparte devient général en chef de l'armée d'Italie; il mène une campagne victorieuse pour diffuser les idées de la Révolution française. La ville de Brescia se trouve en Lombardie, près de Mantoue dont les troupes napoléoniennes firent le siège. Napoléon évita que Brescia ne devienne un piège pour son armée.
2. Mille : unité de longueur ancienne, en usage autrefois dans plusieurs pays, la France, l'Italie, l'Allemagne; environ 1 472 m.
3. Sourciller : manifester son trouble.

Vanina pleura beaucoup, et il fut convenu qu'il ne quitterait Rome que le surlendemain.

– Pietro, lui dit-elle le lendemain, souvent vous m'avez dit qu'un homme connu, qu'un prince romain, par exemple, qui pourrait disposer de beaucoup d'argent, serait en état de rendre les plus grands services à la cause de la liberté, si jamais l'Autriche est engagée loin de nous, dans quelque grande guerre.

– Sans doute, dit Pietro étonné.

– Eh bien! vous avez du cœur[1]; il ne vous manque qu'une haute position; je viens vous offrir ma main et deux cent mille livres de rentes. Je me charge d'obtenir le consentement de mon père.

Pietro se jeta à ses pieds; Vanina était rayonnante de joie.

– Je vous aime avec passion, lui dit-il; mais je suis un pauvre serviteur de la patrie; mais plus l'Italie est malheureuse, plus je dois lui rester fidèle. Pour obtenir le consentement de don Asdrubale, il faudra jouer un triste rôle pendant plusieurs années. Vanina, je te refuse.

Missirilli se hâta de s'engager par ce mot. Le courage allait lui manquer.

– Mon malheur, s'écria-t-il, c'est que je t'aime plus que la vie, c'est que quitter Rome est pour moi le pire des supplices. Ah! que l'Italie n'est-elle délivrée des barbares! Avec quel plaisir je m'embarquerais avec toi pour aller vivre en Amérique.

Vanina restait glacée. Ce refus de sa main avait étonné son orgueil; mais bientôt elle se jeta dans les bras de Missirilli.

– Jamais tu ne m'as semblé aussi aimable, s'écria-t-elle; oui, mon petit chirurgien de campagne, je suis à toi pour

---

1. Cœur : ce nom prend ici son sens étymologique de «courage».

toujours. Tu es un grand homme comme nos anciens Romains.

Toutes les idées d'avenir, toutes les tristes suggestions du bon sens disparurent; ce fut un instant d'amour parfait. Lorsque l'on put parler raison :

– Je serai en Romagne presque aussitôt que toi, dit Vanina. Je vais me faire ordonner les bains de la Poretta. Je m'arrêterai au château que nous avons à San Nicolô près de Forli[1]…

– Là, je passerai ma vie avec toi! s'écria Missirilli.

– Mon lot désormais est de tout oser, reprit Vanina avec un soupir. Je me perdrai pour toi, mais n'importe… Pourras-tu aimer une fille déshonorée?

– N'es-tu pas ma femme, dit Missirilli, et une femme à jamais adorée? Je saurai t'aimer et te protéger.

Il fallait que Vanina allât dans le monde. À peine eût-elle quitté Missirilli, qu'il commença à trouver sa conduite barbare.

«Qu'est-ce que la patrie? se dit-il. Ce n'est pas un être à qui nous devions de la reconnaissance pour un bienfait, et qui soit malheureux et puisse nous maudire si nous y manquons. La patrie et la liberté, c'est comme mon manteau, c'est une chose qui m'est utile, que je dois acheter, il est vrai, quand je ne l'ai pas reçue en héritage de mon père; mais enfin j'aime la patrie et la liberté, parce que ces deux choses me sont utiles. Si je n'en ai que faire, si elles sont pour moi comme un manteau au mois d'août, à quoi bon les acheter, et un prix énorme? Vanina est si belle! elle a un génie si singulier! On cherchera à lui plaire; elle m'oubliera. Quelle est la femme qui n'a jamais eu qu'un amant?

---

1. Forli : petite ville italienne, au sud de Bologne.

Ces princes romains que je méprise comme citoyens, ont tant d'avantages sur moi ! Ils doivent être bien aimables ! Ah, si je pars, elle m'oublie, et je la perds pour jamais.»

Au milieu de la nuit, Vanina vint le voir; il lui dit l'incertitude où il venait d'être plongé, et la discussion à laquelle, parce qu'il l'aimait, il avait livré ce grand mot de patrie. Vanina était bien heureuse.

«S'il devait choisir absolument entre la patrie et moi, se disait-elle, j'aurais la préférence.»

L'horloge de l'église voisine sonna trois heures; le moment des derniers adieux arrivait. Pietro s'arracha des bras de son amie. Il descendait déjà le petit escalier, lorsque Vanina, retenant ses larmes, lui dit en souriant :

– Si tu avais été soigné par une pauvre femme de la campagne, ne ferais-tu rien pour la reconnaissance ? Ne chercherais-tu pas à la payer ? L'avenir est incertain, tu vas voyager au milieu de tes ennemis : donne-moi trois jours par reconnaissance, comme si j'étais une pauvre femme, et pour me payer de mes soins.

Missirilli resta. Et enfin il quitta Rome. Grâce à un passeport acheté d'une ambassade étrangère, il arriva dans sa famille. Ce fut une grande joie; on le croyait mort. Ses amis voulurent célébrer sa bienvenue en tuant un carabinier ou deux (c'est le nom que portent les gendarmes dans les États du pape).

– Ne tuons pas sans nécessité un Italien qui sait le maniement des armes, dit Missirilli; notre patrie n'est pas une île comme l'heureuse Angleterre : c'est de soldats que nous manquons pour résister à l'intervention des rois de l'Europe.

Quelques temps après, Missirilli, serré de près par les carabiniers, en tua deux avec les pistolets que Vanina lui avait donnés. On mit sa tête à prix.

Vanina ne paraissait pas en Romagne : Missirilli se crut oublié. Sa vanité fut choquée ; il commençait à songer beaucoup à la différence de rang qui le séparait de sa maîtresse. Dans un moment d'attendrissement et de regret du bonheur passé, il eut l'idée de retourner à Rome voir ce que faisait Vanina. Cette folle pensée allait l'emporter sur ce qu'il croyait être son devoir, lorsqu'un soir la cloche d'une église de la montagne sonna l'Angelus [1] d'une façon singulière, et comme si le sonneur avait une distraction. C'était un signal de réunion pour la *vente* [2] de carbonari à laquelle Missirilli s'était affilié en arrivant en Romagne. La même nuit, tous se trouvèrent à un certain ermitage [3] dans les bois. Les deux ermites, assoupis par l'opium [4], ne s'aperçurent nullement de l'usage auquel servait leur petite maison. Missirilli qui arrivait fort triste, apprit là que le chef de la vente avait été arrêté, et que lui, jeune homme à peine âgé de vingt ans, allait être élu chef d'une *vente* qui comptait des hommes de plus de cinquante ans, et qui étaient dans les conspirations depuis l'exécution de Murat en 1815 [5]. En recevant cet honneur inespéré, Pietro sentit battre son cœur. Dès qu'il fut seul, il résolut de ne plus songer à la jeune Romaine qui l'avait oublié, et de consacrer toutes ses pensées au devoir de *délivrer l'Italie des barbares* *.

Deux jours après, Missirilli vit dans le rapport des arrivées et des départs qu'on lui adressait, comme chef de

---

* *Liberar l'Italia de' barbari*, c'est le mot de Pétrarque en 1350, répété depuis par Jules II, par Machiavel, par le comte Alfieri. (*Note de Stendhal.*)
1. Angelus : prière liée au culte de la Vierge Marie, encore très fort en Italie, matin, midi, soir ; son de la cloche l'annonçant aux fidèles.
2. Vente : voir note 2, p. 29.
3. Ermitage : habitation d'ermites, lieu isolé.
4. Opium : drogue, utilisée au XIXᵉ siècle comme médicament.
5. Murat en 1815 : placé par Napoléon Iᵉʳ sur le trône de Naples, en 1808, il tente en vain de s'opposer à la restauration des Bourbons et sera exécuté en 1815.

vente, que la princesse Vanina venait d'arriver à son château de San Nicolô. La lecture de ce nom jeta plus de trouble que de plaisir dans son âme. Ce fut en vain qu'il crut assurer sa fidélité à la patrie en prenant sur lui de ne pas voler le soir même au château de San Nicolô ; l'idée de Vanina, qu'il négligeait, l'empêcha de remplir ses devoirs d'une façon raisonnable. Il la vit le lendemain ; elle l'aimait comme à Rome. Son père, qui voulait la marier, avait retardé son départ. Elle apportait deux mille sequins [1]. Ce secours imprévu servit merveilleusement à accréditer Missirilli dans sa nouvelle dignité. On fit fabriquer des poignards à Corfou [2] ; on gagna le secrétaire intime du légat [3], chargé de poursuivre les carbonari. On obtint ainsi la liste des curés qui servaient d'espions au gouvernement.

C'est à cette époque que finit de s'organiser l'une des moins folles conspirations qui aient été tentées dans la malheureuse Italie. Je n'entrerai point ici dans des détails déplacés. Je me contenterai de dire que si le succès eût couronné l'entreprise, Missirilli eût pu réclamer une bonne part de la gloire. Par lui, plusieurs milliers d'insurgés se seraient levés à un signal donné, et auraient attendu en armes l'arrivée des chefs supérieurs. Le moment décisif approchait, lorsque, comme cela arrive toujours, la conspiration fut paralysée par l'arrestation des chefs.

À peine arrivée en Romagne, Vanina crut voir que l'amour de la patrie ferait oublier à son amant tout autre amour. La fierté de la jeune Romaine s'irrita. Elle essaya en vain de se raisonner ; un noir chagrin s'empara d'elle : elle se surprit à maudire la liberté. Un jour qu'elle était venue à

1. Sequin : ancienne monnaie d'or de Venise, elle avait cours dans tout le pays.
2. Corfou : île ionienne de la Grèce.
3. Légat : ambassadeur du Saint Siège.

Forli[1] pour voir Missirilli, elle ne fut pas maîtresse de sa douleur, que toujours jusque-là son orgueil avait su maîtriser.

– En vérité, lui dit-elle, vous m'aimez comme un mari ; ce n'est pas mon compte.

Bientôt ses larmes coulèrent ; mais c'était de honte de s'être abaissée jusqu'aux reproches. Missirilli répondit à ces larmes en homme préoccupé. Tout à coup Vanina eut l'idée de le quitter et de retourner à Rome. Elle trouva une joie cruelle à se punir de la faiblesse qui venait de la faire parler. Au bout de peu d'instants de silence, son parti fut pris ; elle se fût trouvée indigne de Missirilli si elle ne l'eût pas quitté. Elle jouissait de sa surprise douloureuse quand il la chercherait en vain auprès de lui. Bientôt l'idée de n'avoir pu obtenir l'amour de l'homme pour qui elle avait fait tant de folies l'attendrit profondément. Alors elle rompit le silence, et fit tout au monde pour lui arracher une parole d'amour. Il lui dit d'un air distrait des choses fort tendres ; mais ce fut avec un accent bien autrement profond qu'en parlant de ses entreprises politiques, il s'écria avec douleur :

– Ah ! si cette affaire-ci ne réussit pas, si le gouvernement la découvre encore, je quitte la partie.

Vanina resta immobile. Depuis une heure, elle sentait qu'elle voyait son amant pour la dernière fois. Le mot qu'il prononçait jeta une lumière fatale dans son esprit. Elle se dit : « Les carbonari ont reçu de moi plusieurs milliers de sequins. On ne peut douter de mon attachement à la conspiration. »

Vanina ne sortit de sa rêverie que pour dire à Pietro :

– Voulez-vous venir passer vingt-quatre heures avec moi

1. Forli : ville d'Émilie-Romagne.

au château de San Nicolô ? Votre assemblée de ce soir n'a pas besoin de ta présence. Demain matin, à San Nicolô, nous pourrons nous promener ; cela calmera ton agitation et te rendra tout le sang-froid dont tu as besoin dans ces grandes circonstances.

Pietro y consentit.

Vanina le quitta pour les préparatifs du voyage, en fermant à clef, comme de coutume la petite chambre où elle l'avait caché.

Elle courut chez une des femmes de chambre qui l'avait quittée pour se marier et prendre un petit commerce à Forli. Arrivée chez cette femme, elle écrivit à la hâte à la marge d'un livre d'Heures [1] qu'elle trouva dans sa chambre, l'indication exacte du lieu où la vente des carbonari devait se réunir cette nuit-là même. Elle termina sa dénonciation par ces mots : « Cette *vente* est composée de dix-neuf membres ; voici leurs noms et leurs adresses. » Après avoir écrit cette liste, très exacte à cela près que le nom de Missirilli était omis, elle dit à la femme, dont elle était sûre :

– Porte ce livre au cardinal-légat [2] ; qu'il lise ce qui est écrit et qu'il te rende le livre. Voici dix sequins ; si jamais le légat prononce ton nom, la mort est certaine ; mais tu me sauves la vie si tu fais lire au légat la page que je viens d'écrire.

Tout se passa à merveille. La peur du légat fit qu'il ne se conduisit point en grand seigneur. Il permit à la femme du peuple qui demandait à lui parler de ne paraître devant lui que masquée, mais à condition qu'elle aurait les mains liées. En cet état, la marchande fut introduite devant le grand personnage, qu'elle trouva retranché derrière une immense table, couverte d'un tapis vert.

1. Livre d'Heures : recueil de dévotion renfermant les prières de l'office divin.
2. Cardinal-légat : cardinal représentant le pape.

Le légat lut la page du livre d'Heures, en le te
loin de lui, de peur d'un poison subtil. Il le rendit
chande, et ne la fit point suivre. Moins de quaran
après avoir quitté son amant, Vanina, qui avait v
son ancienne femme de chambre, reparut devant Missirilli,
croyant que désormais il était tout à elle. Elle lui dit qu'il y
avait un mouvement extraordinaire dans la ville; on remarquait des patrouilles de carabiniers dans les rues où ils ne
venaient jamais.

– Si tu veux m'en croire, ajouta-t-elle, nous partirons à
l'instant même pour San Nicolô.

Missirilli y consentit. Ils gagnèrent à pied la voiture de la
jeune princesse, qui, avec sa dame de compagnie, confi-
dente discrète et bien payée, l'attendait à une demi-lieue[1] de
la ville.

Arrivée au château de San Nicolô, Vanina, troublée par
son étrange démarche, redoubla de tendresse pour son
amant. Mais en lui parlant d'amour, il lui semblait qu'elle
jouait la comédie. La veille, en trahissant, elle avait oublié
le remords. En serrant son amant dans ses bras, elle se
disait : «Il y a un certain mot qu'on peut lui dire, et ce mot
prononcé, à l'instant et pour toujours, il me prend en horreur.»

Au milieu de la nuit, un des domestiques de Vanina entra
brusquement dans sa chambre. Cet homme était carbonaro
sans qu'elle s'en doutât. Missirilli avait donc des secrets
pour elle, même pour ces détails. Elle frémit. Cet homme
venait d'avertir Missirilli que dans la nuit, à Forli, les maisons de dix-neuf carbonari avaient été cernées, et eux arrê-
tés au moment où ils revenaient de la vente. Quoique pris à

---

1. Demi-lieue : une lieue équivalait à environ quatre kilomètres; donc, environ
deux kilomètres.

l'improviste, neuf s'étaient échappés. Les carabiniers avaient pu en conduire dix dans la prison de la citadelle. En y entrant, l'un d'eux s'était jeté dans le puits, si profond, et s'était tué. Vanina perdit contenance ; heureusement Pietro ne la remarqua pas : il eût pu lire son crime dans ses yeux.

Dans ce moment, ajouta le domestique, la garnison de Forli forme une file dans toutes les rues. Chaque soldat est assez rapproché de son voisin pour lui parler. Les habitants ne peuvent traverser d'un côté de la rue à l'autre, que là où un officier est placé.

Après la sortie de cet homme, Pietro ne fut pensif qu'un instant :

– Il n'y a rien à faire pour le moment, dit-il enfin.

Vanina était mourante ; elle tremblait sous les regards de son amant.

– Qu'avez-vous donc d'extraordinaire ? lui dit-il.

Puis il pensa à autre chose, et cessa de la regarder.

Vers le milieu de la journée, elle se hasarda à lui dire :

– Voilà encore une *vente* de découverte ; je pense que vous allez être tranquille pour quelque temps.

– Très tranquille, répondit Missirilli avec un sourire qui la fit frémir.

Elle alla faire une visite indispensable au curé du village de San Nicolô, peut-être espion des jésuites. En rentrant pour dîner à sept heures, elle trouva déserte la petite chambre où son amant était caché. Hors d'elle-même, elle courut le chercher dans toute la maison ; il n'y était point. Désespérée, elle revint dans cette petite chambre, ce fut alors seulement qu'elle vit un billet ; elle lut :

« Je vais me rendre prisonnier au légat : je désespère de notre cause ; le ciel est contre nous. Qui nous a trahis ?

*apparemment le misérable qui s'est jeté dans le puits.
Puisque ma vie est inutile à la pauvre Italie, je ne veux pas
que mes camarades, en voyant que, seul, je ne suis pas
arrêté, puissent se figurer que je les ai vendus. Adieu, si
vous m'aimez, songez à me venger. Perdez, anéantissez l'infâme qui nous a trahis, fût-ce mon père. »*

Vanina tomba sur une chaise, à demi évanouie et plongée
dans le malheur le plus atroce. Elle ne pouvait proférer
aucune parole ; ses yeux étaient secs et brûlants.

Enfin elle se précipita à genoux :

– Grand Dieu ! s'écria-t-elle, recevez mon vœu ; oui, je
punirai l'infâme qui a trahi ; mais auparavant il faut rendre
la liberté à Pietro.

Une heure après, elle était en route pour Rome. Depuis
longtemps son père la pressait de revenir. Pendant son
absence, il avait arrangé son mariage avec le prince Livio
Savelli. À peine Vanina fut-elle arrivée, qu'il lui en parla en
tremblant. À son grand étonnement, elle consentit dès le premier mot. Le soir même, chez la comtesse Vitteleschi, son
père lui présenta presque officiellement don Livio ; elle lui
parla beaucoup. C'était le jeune homme le plus élégant et qui
avait les plus beaux chevaux ; mais quoiqu'on lui reconnût
beaucoup d'esprit, son caractère passait pour tellement léger,
qu'il n'était nullement suspect au gouvernement. Vanina
pensa qu'en lui faisant d'abord tourner la tête, elle en ferait
un agent commode. Comme il était neveu de monsignor
Savelli-Catanzara, gouverneur de Rome et ministre de la
police, elle supposait que les espions n'oseraient le suivre.

Après avoir fort bien traité, pendant quelques jours, l'aimable don Livio, Vanina lui annonça que jamais il ne serait
son époux ; il avait, suivant elle, la tête trop légère.

– Si vous n'étiez pas un enfant, lui dit-elle, les commis de votre oncle n'auraient pas de secrets pour vous. Par exemple, quel parti prend-on à l'égard des carbonari découverts récemment à Forli?

Don Livio vint lui dire, deux jours après, que tous les carbonari pris à Forli s'étaient évadés. Elle arrêta sur lui ses grands yeux noirs avec le sourire amer du plus profond mépris, et ne daigna pas lui parler de toute la soirée. Le surlendemain, don Livio vint lui avouer, en rougissant, que d'abord on l'avait trompé.

– Mais, lui dit-il, je me suis procuré une clef du cabinet de mon oncle; j'ai vu par les papiers que j'y ai trouvés qu'une *congrégation* (ou commission), composée des cardinaux et des prélats les plus en crédit [1], s'assemble dans le plus grand secret, et délibère sur la question de savoir s'il convient de juger ces carbonari à Ravenne ou à Rome. Les neuf carbonari pris à Forli, et leur chef, un nommé Missirilli, qui a eu la sottise de se rendre, sont en ce moment détenus au château de San Leo*.

À ce mot de sottise, Vanina pinça le prince de toute sa force.

– Je veux moi-même, lui dit-elle, voir les papiers officiels et entrer avec vous dans le cabinet de votre oncle; vous aurez mal lu.

À ces mots, don Livio frémit; Vanina lui demandait une chose presque impossible; mais le génie bizarre de cette jeune fille redoublait son amour. Peu de jours après, Vanina, déguisée en homme et portant un joli petit habit à la livrée de la casa Savelli, put passer une demi-heure au milieu des papiers les plus secrets du ministre de la police.

---

* Près de Rimini en Romagne. C'est dans ce château que périt le fameux Cagliostro; on dit dans le pays qu'il y fut étouffé. *(Note de Stendhal.)*
1. Crédit (sens ancien) : influence née de la confiance qu'inspire une personne.

Elle eut un moment de vif bonheur, lorsqu'elle découvrit le rapport journalier du prévenu Pietro Missirilli. Ses mains tremblaient en tenant ce papier. En relisant son nom, elle fut sur le point de se trouver mal. Au sortir du palais du gouverneur de Rome, Vanina permit à don Livio de l'embrasser.

– Vous vous tirez bien, lui dit-elle, des épreuves auxquelles je veux vous soumettre.

Après un tel mot, le jeune prince eût mis le feu au Vatican pour plaire à Vanina. Ce soir-là, il y avait bal chez l'ambassadeur de France ; elle dansa beaucoup et presque toujours avec lui. Don Livio était ivre de bonheur, il fallait l'empêcher de réfléchir.

– Mon père est quelquefois bizarre, lui dit un jour Vanina, il a chassé ce matin deux de ses gens qui sont venus pleurer chez moi. L'un m'a demandé d'être placé chez votre oncle le gouverneur de Rome ; l'autre qui a été soldat d'artillerie sous les Français, voudrait être employé au château Saint-Ange.

– Je les prends tous les deux à mon service, dit vivement le jeune prince.

– Est-ce là ce que je vous demande ? répliqua fièrement Vanina. Je vous répète textuellement la prière de ces pauvres gens ; ils doivent obtenir ce qu'ils ont demandé, et pas autre chose.

Rien de plus difficile. Monsignor Catanzara n'était rien moins qu'un homme léger, et n'admettait dans sa maison que des gens de lui bien connus. Au milieu d'une vie remplie, en apparence, par tous les plaisirs, Vanina, bourrelée de remords, était fort malheureuse. La lenteur des événements la tuait. L'homme d'affaires de son père lui avait procuré de l'argent. Devait-elle fuir la maison paternelle et aller en

Romagne essayer de faire évader son amant? Quelque déraisonnable que fût cette idée, elle était sur le point de la mettre à exécution lorsque le hasard eut pitié d'elle.

Don Livio lui dit :

– Les dix carbonari de la *vente* Missirilli vont être transférés à Rome, sauf à être exécutés en Romagne, après leur condamnation. Voilà ce que mon oncle vient d'obtenir du pape ce soir. Vous et moi sommes les seuls dans Rome qui sachions ce secret. Êtes-vous contente?

– Vous devenez un homme, répondit Vanina; faites-moi cadeau de votre portrait.

La veille du jour où Missirilli devait arriver à Rome, Vanina prit un prétexte pour aller à Citta-Castellana. C'est dans la prison de cette ville que l'on fait coucher les carbonari que l'on transfère de la Romagne à Rome. Elle vit Missirilli le matin, comme il sortait de la prison : il était enchaîné seul sur une charrette; il lui parut fort pâle, mais nullement découragé. Une vieille femme lui jeta un bouquet de violettes, Missirilli sourit en la remerciant.

Vanina avait vu son amant, toutes ses pensées semblèrent renouvelées; elle eut un nouveau courage. Dès longtemps elle avait fait obtenir un bel avancement à M. l'abbé Cari, aumônier[1] du château Saint-Ange, où son amant allait être enfermé; elle avait pris ce bon prêtre pour confesseur. Ce n'est pas peu de chose à Rome que d'être confesseur d'une princesse, nièce du gouverneur.

Le procès des carbonari de Forli ne fut pas long. Pour se venger de leur arrivée à Rome, qu'il n'avait pu empêcher, le parti ultra[2] fit composer la commission qui devait les

1. Aumônier : ecclésiastique chargé de la direction spirituelle au château Saint-Ange.
2. Ultra : en politique, réactionnaire extrémiste.

juger des prélats les plus ambitieux. Cette commission fut présidée par le ministre de la police.

La loi contre les carbonari est claire : ceux de Forli ne pouvaient conserver leur vie par tous les subterfuges possibles. Non seulement leurs juges les condamnèrent à mort, mais plusieurs opinèrent pour des supplices atroces, le poing coupé, etc. Le ministre de la police dont la fortune était faite (car on ne quitte cette place que pour prendre le chapeau [1]), n'avait nul besoin de poing coupé ; en portant la sentence au pape, il fit commuer en quelques années de prison la peine de tous les condamnés. Le seul Pietro Missirilli fut excepté. Le ministre voyait dans ce jeune homme un fanatique dangereux, et d'ailleurs il avait aussi été condamné à mort comme coupable de meurtre sur les deux carabiniers dont nous avons parlé. Vanina sut la sentence et la commutation peu d'instants après que le ministre fut revenu de chez le pape.

Le lendemain, monsignor Catanzara rentra dans son palais vers le minuit, il ne trouva point son valet de chambre ; le ministre, étonné, sonna plusieurs fois ; enfin parut un vieux domestique imbécile : le ministre, impatienté, prit le parti de se déshabiller lui-même. Il ferma sa porte à clef ; il faisait fort chaud : il prit son habit et le lança en paquet sur une chaise. Cet habit, jeté avec trop de force, passa par-dessus la chaise, alla frapper le rideau de mousseline de la fenêtre, et dessina la forme d'un homme. Le ministre se jeta rapidement vers son lit et saisit un pistolet. Comme il revenait près de la fenêtre, un fort jeune homme, couvert de la livrée, s'approcha de lui le pistolet à la main. À cette vue, le ministre approcha le pistolet de son œil ; il allait tirer. Le jeune homme lui dit en riant :

---

1. Le chapeau : chapeau de cardinal, électeur et conseiller du pape.

– Eh quoi! monseigneur, ne reconnaissez-vous pas Vanina Vanini?

– Que signifie cette mauvaise plaisanterie? répliqua le ministre en colère.

– Raisonnons froidement, dit la jeune fille. D'abord votre pistolet n'est pas chargé.

Le ministre, étonné, s'assura du fait; après quoi il tira un poignard de la poche de son gilet *.

Vanina lui dit avec un petit air d'autorité charmant :

– Asseyons-nous, monseigneur.

Et elle prit place tranquillement sur un canapé.

– Êtes-vous seule au moins? dit le ministre.

– Absolument seule, je vous le jure! s'écria Vanina.

C'est ce que le ministre eut soin de vérifier : il fit le tour de la chambre et regarda partout; après quoi il s'assit sur une chaise à trois pas de Vanina.

– Quel intérêt aurais-je, dit Vanina d'un air doux et tranquille, d'attenter aux jours d'un homme modéré, qui probablement serait remplacé par quelque homme faible à tête chaude, capable de se perdre soi et les autres?

– Que voulez-vous donc, mademoiselle? dit le ministre avec humeur. Cette scène ne me convient point et ne doit pas durer.

– Ce que je vais ajouter, reprit Vanina avec hauteur, et oubliant tout à coup son air gracieux, importe à vous plus

---

* Un prélat romain serait hors d'état de commander un corps d'armée avec bravoure, comme il est arrivé plusieurs fois à un général de division qui était ministre de la police à Paris, lors de l'entreprise de Mallet; mais jamais il ne se laisserait arrêter chez lui aussi simplement. Il aurait trop peur des plaisanteries de ses collègues. Un Romain qui se sait haï ne marche que bien armé. On n'a pas cru nécessaire de justifier plusieurs autres petites différences entre les façons d'agir et de parler de Paris et celles de Rome. Loin d'amoindrir ces différences, on a cru devoir les écrire hardiment. Les Romains que l'on peint n'ont pas l'honneur d'être Français (*note de Stendhal*).

qu'à moi. On veut que le carbonaro Missirilli ait la vie sauve : s'il est exécuté, vous ne lui survivrez pas d'une semaine. Je n'ai aucun intérêt à tout ceci ; la folie dont vous vous plaignez, je l'ai faite pour m'amuser d'abord, et ensuite pour servir une de mes amies. J'ai voulu, continua Vanina, en reprenant son air de bonne compagnie, j'ai voulu rendre service à un homme d'esprit, qui bientôt sera mon oncle, et doit porter loin, suivant toute apparence, la fortune de sa maison.

Le ministre quitta l'air fâché : la beauté de Vanina contribua sans doute à ce changement rapide. On connaissait dans Rome le goût de monseigneur Catanzara pour les jolies femmes, et, dans son déguisement en valet de pied de la casa Savelli, avec des bas de soie bien tirés, une veste rouge, son petit habit bleu de ciel galonné d'argent, et le pistolet à la main, Vanina était ravissante.

– Ma future nièce, dit le ministre presque en riant, vous faites là une haute folie, et ce ne sera pas la dernière.

– J'espère qu'un personnage aussi sage, répondit Vanina, me gardera le secret, et surtout envers don Livio, et pour vous y engager, mon cher oncle, si vous m'accordez la vie du protégé de mon amie, je vous donnerai un baiser.

Ce fut en continuant la conversation sur ce ton de demi-plaisanterie, avec lequel les dames romaines savent traiter les plus grandes affaires, que Vanina parvint à donner à cette entrevue, commencée le pistolet à la main, la couleur d'une visite faite par la jeune princesse Savelli à son oncle le gouverneur de Rome.

Bientôt monseigneur Catanzara, tout en rejetant avec hauteur l'idée de s'en laisser imposer par la crainte, en fut à raconter à sa nièce toutes les difficultés qu'il rencontrerait pour sauver la vie de Missirilli. En discutant, le ministre se promenait dans la chambre avec Vanina ; il prit une carafe de limonade qui était sur la cheminée et en remplit un verre de cristal. Au moment où il allait le porter à ses lèvres, Vanina s'en empara, et, après l'avoir tenu quelque temps, le laissa tomber dans le jardin comme par distraction. Un instant après, le ministre prit une pastille de chocolat dans une bonbonnière, Vanina la lui enleva, et lui dit en riant :

– Prenez donc garde, tout chez vous est empoisonné ; car on voulait votre mort. C'est moi qui ai obtenu la grâce de mon oncle futur, afin de ne pas entrer dans la famille Savelli absolument les mains vides.

Monseigneur Catanzara, fort étonné, remercia sa nièce, et donna de grandes espérances pour la vie de Missirilli.

– Notre marché est fait ! s'écria Vanina, et la preuve, c'est qu'en voici la récompense ! dit-elle en l'embrassant.

Le ministre prit la récompense.

– Il faut que vous sachiez, ma chère Vanina, ajouta-t-il, que je n'aime pas le sang, moi. D'ailleurs, je suis jeune encore, quoique peut-être je vous paraisse bien vieux, et je puis vivre à une époque où le sang versé aujourd'hui fera tache.

Deux heures sonnaient quand monseigneur Catanzara accompagna Vanina jusqu'à la petite porte de son jardin.

Le surlendemain, lorsque le ministre parut devant le pape, assez embarrassé de la démarche qu'il avait à faire, Sa Sainteté lui dit :

– Avant tout, j'ai une grâce à vous demander. Il y a un de ces carbonari de Forli qui est resté condamné à mort ; cette idée m'empêche de dormir : il faut sauver cet homme.

Le ministre, voyant que le pape avait pris son parti, fit beaucoup d'objections, et finit par écrire un décret ou *motu proprio*, que le pape signa, contre l'usage.

Vanina avait pensé que peut-être elle obtiendrait la grâce de son amant, mais qu'on tenterait de l'empoisonner[1]. Dès la veille, Missirilli avait reçu de l'abbé Cari, son confesseur, quelques petits paquets de biscuits de mer, avec l'avis de ne pas toucher aux aliments fournis par l'État.

Vanina ayant su après que les carbonari de Forli allaient être transférés au château de San Leo, voulut essayer de voir Missirilli à son passage à Citta-Castellana ; elle arriva dans cette ville vingt-quatre heures avant les prisonniers ; elle y trouva l'abbé Cari, qui l'avait précédée de plusieurs jours. Il avait obtenu du geôlier que Missirilli pourrait entendre la messe, à minuit, dans la chapelle de la prison. On alla plus loin : si Missirilli voulait consentir à se laisser lier les bras et les jambes par une chaîne, le geôlier se retirerait vers la porte de la chapelle, de manière à voir toujours le prisonnier, dont il était responsable, mais à ne pouvoir entendre ce qu'il dirait.

Le jour qui devait décider du sort de Vanina parut enfin. Dès le matin, elle s'enferma dans la chapelle de la prison. Qui pourrait dire les pensées qui l'agitèrent durant cette longue journée ? Missirilli l'aimait-elle assez pour lui pardonner ? Elle avait dénoncé sa *vente*, mais elle lui avait sauvé la vie. Quand la raison prenait le dessus dans cette âme bourrelée, Vanina espérait qu'il voudrait consentir à quitter l'Italie avec elle : si elle avait péché, c'était par excès d'amour. Comme quatre heures sonnaient, elle entendit de loin, sur le pavé les pas des chevaux des carabiniers. Le bruit de chacun de ces pas semblait retentir dans son cœur. Bientôt elle distingua le roulement des charrettes qui trans-

---

1. L'empoisonner : la crainte de l'empoisonnement en prison se retrouve dans *La Chartreuse de Parme*.

portaient les prisonniers. Elles s'arrêtèrent sur la petite place devant la prison; elle vit deux carabiniers soulever Missirilli, qui était seul sur une charrette, et tellement chargé de fers qu'il ne pouvait se mouvoir. «Du moins il vit, se dit-elle les larmes aux yeux, ils ne l'ont pas encore empoisonné!» La soirée fut cruelle; la lampe de l'autel, placée à une grande hauteur, et pour laquelle le geôlier épargnait l'huile, éclairait seule cette chapelle sombre. Les yeux de Vanina erraient sur les tombeaux de quelques grands seigneurs du Moyen Âge morts dans la prison voisine. Leurs statues avaient l'air féroce.

Tous les bruits avaient cessé depuis longtemps; Vanina était absorbée dans ses noires pensées. Un peu après que minuit eut sonné, elle crut entendre un bruit léger comme le vol d'une chauve-souris. Elle voulut marcher, et tomba à demi évanouie sur la balustrade de l'autel. Au même instant, deux fantômes se trouvèrent tout près d'elle, sans qu'elle les eût entendu venir. C'étaient le geôlier et Missirilli chargé de chaînes, au point qu'il en était comme emmailloté. Le geôlier ouvrit une lanterne, qu'il posa sur la balustrade de l'autel, à côté de Vanina, de façon à ce qu'il pût bien voir son prisonnier. Ensuite il se retira dans le fond, près de la porte. À peine le geôlier se fut-il éloigné que Vanina se précipita au cou de Missirilli. En le serrant dans ses bras, elle ne sentit que ses chaînes froides et pointues. «Qui les lui a données ces chaînes?» pensa-t-elle. Elle n'eut aucun plaisir à embrasser son amant.

À cette douleur en succéda une autre plus poignante; elle crut un instant que Missirilli savait son crime, tant son accueil fut glacé.

– Chère amie, lui dit-il enfin, je regrette l'amour que vous avez pris pour moi; c'est en vain que je cherche le mérite qui a pu vous l'inspirer. Revenons, croyez-m'en, à des sentiments plus chrétiens, oublions les illusions qui jadis nous ont égarés ; je ne puis vous appartenir. Le malheur constant qui a suivi mes entreprises vient peut-être de l'état de péché mortel où je me suis constamment trouvé. Même à n'écouter que les conseils de la prudence humaine, pourquoi n'ai-je pas été arrêté avec mes amis, lors de la fatale nuit de Forli ? Pourquoi, à l'instant du danger, ne me trouvais-je pas à mon poste ? Pourquoi mon absence a-t-elle pu autoriser les soupçons les plus cruels ? J'avais une autre passion que celle de la liberté de l'Italie.

Vanina ne revenait pas de la surprise que lui causait le changement de Missirilli. Sans être sensiblement maigri, il avait l'air d'avoir trente ans. Vanina attribua ce changement aux mauvais traitements qu'il avait soufferts en prison, elle fondit en larmes.

– Ah, lui dit-elle, les geôliers avaient tant promis qu'ils te traiteraient avec bonté.

Le fait est qu'à l'approche de la mort, tous les principes religieux qui pouvaient s'accorder avec la passion pour la liberté de l'Italie avaient reparu dans le cœur du jeune carbonaro. Peu à peu Vanina s'aperçut que le changement étonnant qu'elle remarquait chez son amant était tout moral, et nullement l'effet de mauvais traitements physiques. Sa douleur, qu'elle croyait au comble, en fut encore augmentée.

Missirilli se taisait ; Vanina semblait sur le point d'être étouffée par les sanglots. Il ajouta d'un air un peu ému lui-même :

– Si j'aimais quelque chose sur la terre, ce serait vous, Vanina ; mais grâce à Dieu, je n'ai plus qu'un seul but dans ma vie : je mourrai en prison, ou en cherchant à donner la liberté à l'Italie.

Il y eut encore un silence ; évidemment Vanina ne pouvait parler : elle l'essayait en vain. Missirilli ajouta :

– Le devoir est cruel, mon amie ; mais s'il n'y avait pas un peu de peine à l'accomplir, où serait l'héroïsme ? Donnez-moi votre parole que vous ne chercherez plus à me voir.

Autant que sa chaîne assez serrée le lui permettait, il fit un petit mouvement du poignet, et tendit les doigts à Vanina.

– Si vous permettez un conseil à un homme qui vous fut cher, mariez-vous sagement à l'homme de mérite que votre père vous destine. Ne lui faites aucune confidence fâcheuse ; mais, d'un autre côté, ne cherchez jamais à me revoir ; soyons désormais étrangers l'un à l'autre. Vous avez avancé une somme considérable pour le service de la patrie ; si jamais elle est délivrée de ses tyrans, cette somme vous sera fidèlement payée en biens nationaux.

Vanina était atterrée. En lui parlant, l'œil de Pietro n'avait brillé qu'au moment où il avait nommé la patrie.

Enfin l'orgueil vint au secours de la jeune princesse ; elle s'était munie de diamants et de petites limes. Sans répondre à Missirilli, elle les lui offrit.

– J'accepte par devoir, lui dit-il, car je dois chercher à m'échapper ; mais je ne vous verrai jamais, je le jure en présence de vos nouveaux bienfaits. Adieu, Vanina ; promettez-moi de ne jamais m'écrire, de ne jamais chercher à me voir ; laissez-moi tout à la patrie, je suis mort pour vous : adieu.

– Non, reprit Vanina furieuse, je veux que tu saches ce que j'ai fait guidée par l'amour que j'avais pour toi.

Alors elle lui raconta toutes les démarches depuis le moment où Missirilli avait quitté le château de San Nicolô, pour aller se rendre au légat. Quand ce récit fut terminé :

– Tout cela n'est rien, dit Vanina : j'ai fait plus, par amour pour toi.

Alors elle lui dit sa trahison.

– Ah! monstre, s'écria Pietro furieux, en se jetant sur elle, et il cherchait à l'assommer avec ses chaînes.

Il y serait parvenu sans le geôlier qui accourut aux premiers cris. Il saisit Missirilli.

– Tiens, monstre, je ne veux rien te devoir, dit Missirilli à Vanina, en lui jetant, autant que ses chaînes le lui permettaient, les limes et les diamants, et il s'éloigna rapidement.

Vanina resta anéantie. Elle revint à Rome ; et le journal annonce qu'elle vient d'épouser le prince don Livio Savelli.

Arrêt
sur lecture 1

Stendhal ne trouve pas l'inspiration de *Vanina Vanini* dans une des chroniques romaines. Cependant, l'action se déroule dans la capitale italienne car, pour l'auteur, l'amour véritable ne saurait s'éprouver, se vivre, que dans la démesure, donc à Rome. En outre, dans les années 1820, Stendhal s'intéresse aux fouilles antiques ; il retrouve dans la Rome papale cette énergie brute qui, d'après lui, s'avère indissociable de l'authenticité : l'être humain cherche à satisfaire un désir illimité et la Ville représente, pour Stendhal, l'espace privilégié où se manifestent encore la force des anciens Romains et leurs passions intenses. À Rome, espace de beauté, des générations d'artistes se sont succédé pour laisser une empreinte formidable et faire d'elle la ville la mieux adaptée à l'esthétique de la force morale et de la passion.

Vanina Vanini, une nouvelle historique

Le conspirateur, un héros stendhalien de l'unité italienne

Vanina Vanini est une nouvelle historique qui parle d'amour à l'italienne. Le titre et le sous-titre de cette nouvelle, « Particularités sur la dernière vente de carbonari », lancent ses deux thèmes privilégiés. Ils entrent dans un rapport complexe d'opposition apparente et de complémentarité réelle. En effet, le nom de la jeune héroïne donne au titre sa musicalité et parle au cœur ; le sous-titre, lui, renvoie au mouvement politique qui glace le sentiment amoureux. Cette opposition traduit d'emblée le conflit presque cornélien qui oppose le devoir du conspirateur à l'amour. Mais qui sont les « carbonari » qui fascinent Stendhal ?

La cause perdue des carbonari

À Naples, en 1820, dirigés par le général Pepe, les carbonari se révoltent et obtiennent une Constitution du roi Ferdinand Ier, un Bourbon qui retrouva son trône après Murat. Dès mars 1821, le roi obtient des troupes autrichiennes qu'elles rétablissent son pouvoir absolu. Mais ce triomphe ne fut que provisoire car, en dépit de cet échec, l'idée de l'unité italienne commence à se propager avec force en Italie.

Le Risorgimento – Au tournant des XVIIIe et XIXe siècles, l'Italie est occupée par l'Autriche. La Révolution française donne le signal de la révolte italienne. Le mouvement appelé Risorgimento, ou « réveil », réunit les fervents partisans de l'indépendance, de l'unité nationale et des libertés constitutionnelles. Mais, dans une Italie fort pauvre, le peuple, analphabète, n'a pas de conscience politique. Jusqu'à la moitié du XIXe siècle environ, le Risorgimento nourrit la nostalgie héroïque des hommes de lettres ou des musiciens, comme Rossini ou Verdi, très appréciés de Stendhal. À cette époque, le Risorgimento est proche de la charbonnerie.

La charbonnerie – De 1815 à 1830, cette société secrète regroupe les militants révolutionnaires napolitains puis italiens. Au sens propre, le *carbonaro* est un « charbonnier », autrement dit un fabricant de charbon de bois. Nombreux dans les montagnes de l'Italie du Sud, leurs effectifs augmentent durant l'occupation française du Royaume de Naples (1806-1815) avec l'arrivée de membres irréguliers, mi-bandits mi-soldats ; ils se battent pour la libération du pays et prennent le nom de « carbonari ». L'Italie est divisée en plusieurs États sur lesquels règnent des princes absolus. On retrouve cet émiettement du territoire dans les textes de Stendhal, qui projette les différentes facettes de sa personnalité dans ses villes italiennes de prédilection : Milan, puis Rome.

Organisés en société secrète, les carbonari se battent pour libérer et unifier l'Italie.

La Restauration en France et en Italie – Après la chute du premier Empire, les Bourbons retrouvent le trône en France, mais aussi à Naples ; la charbonnerie devient une société secrète, structurée en petits groupes appelés « ventes ». Elle recrute surtout parmi les jeunes bourgeois et les officiers. En 1820, elle déclenche une insurrection à Naples et obtient une Constitution du roi Ferdinand Ier ; mais, dès mars 1821, il fait appel aux troupes autrichiennes qui restaurent l'absolutisme. C'est alors que le mouvement s'étend à toute la péninsule et réclame l'unité italienne. La charbonnerie déclenchera une insurrection à Bologne en 1831. À cette date, le combat contre les particularismes locaux prend la forme d'une lutte républicaine et unitaire.

La transposition des faits historiques dans la nouvelle

Dans *Vanina Vanini*, nous retrouvons les spécificités du carbonarisme : sociologique car, même s'il est pauvre, Pietro Missirilli est fils d'un chirurgien ; géographique, puisque la conspiration se déroule en Romagne. Stendhal situe l'action de la nouvelle dans les années 1820 ; il évoque « l'une des moins folles conspirations qui aient été tentées dans la malheureuse Italie » (p. 38). Il fait une allusion claire à un fait historique : la conspiration menée pour libérer l'Italie de l'occupant autrichien. En août 1820, les Autrichiens décident de punir de mort la simple affiliation à une société secrète. Aussi le narrateur de *Vanina Vanini* peut-il faire allusion à la loi sur les conspirateurs (p. 47) :

> La loi contre les carbonari est claire : ceux de Forli ne pouvaient conserver leur vie par tous les subterfuges possibles.

Au début de 1821, les libéraux milanais, tous affiliés à la charbonnerie lombarde, se mettent à conspirer. Il faut compter parmi eux Métilde (ou Mathilde) Viscontini, épouse Dembrowski. Stendhal lui a voué une passion platonique intense ; il n'oubliera jamais cette héroïne sublime et sa nouvelle en témoigne, tout en inversant les rôles puisque l'héroïne de son récit, elle, ne pense qu'à l'amour.

Stendhal et le mythe de Napoléon Bonaparte

Dans notre nouvelle, Vanina doit compter avec un grand rival, qui règne dans le cœur de Pietro : Bonaparte ou, du moins, un Bonaparte de légende, celui du libérateur et de l'unificateur potentiel de l'Italie. La première fois que Stendhal arrive à Paris, c'est le lendemain du 18 Brumaire, date du coup d'État par lequel Napoléon Bonaparte prend le pouvoir avec le titre de premier consul. À cette époque, il incarne la Révolution triomphante, la jeunesse de l'idéal républicain à diffuser dans toute l'Europe, tel un message de salut et de liberté universelle. Il a mené en triomphateur toute la campagne d'Italie. Cette figure emblématique coexiste, dans la légende de celui qu'on surnommait l'Aigle, avec l'image du despote, du César guerrier aux ambitions démesurées et meurtrières. Retenons, pour éclairer le récit de Stendhal, que la ville de Brescia se trouvait sur la ligne de retraite française dont Bonaparte voulait assurer la sécurité à un moment critique et décisif de la campagne.

Dans *Vanina Vanini*, Pietro se fixe une ligne de conduite en référence à la parole de Bonaparte (p. 33) :

> [...] un mot du **général Bonaparte** retentissait amèrement dans l'âme de ce jeune homme et influençait toute sa conduite à l'égard des femmes. En 1796, comme le général Bonaparte quittait Brescia, les municipaux qui l'accompagnaient à la porte de la ville lui disaient que les Bressans aimaient la liberté par-dessus tous les autres Italiens. – Oui, dit-il, ils aiment à en parler à leurs maîtresses.

Cette parole fonctionne comme un aiguillon dans la vie du jeune homme et le détermine à refuser la main de Vanina. Mais elle ne l'en aime que plus, car la passion stendhalienne s'intensifie devant l'obstacle : il lui faut des interdits, des hésitations, des remises en question. Néanmoins, comme nous le verrons plus loin, toute la nouvelle soulève la question de la moralité en amour. Jusqu'où peut-on aller en amour ? Le problème se pose de façon d'autant plus cruciale que la passion stendhalienne se nourrit de défis. Dans un premier temps, la cristallisation amoureuse se fait d'autant mieux que l'objet désiré ne s'offre pas aisément à l'adoration. Les amants atteignent alors, selon Stendhal, le bonheur parfait en sacrifiant leurs désirs à leur idéal : Vanina domine ses pulsions égoïstes et se montre capable d'un amour oblatif. Le don de soi s'exprime à la faveur d'une scène de reconnaissance, quand la réalité semble rejoindre l'idéal. Néanmoins, ce moment d'exaltation passé, Pietro n'en revient pas moins sur sa conduite ; il est lié aux Vanini par une relation de reconnaissance et ne saurait se montrer ingrat vis-à-vis de ses protecteurs. Mais il ne peut faillir au devoir.

Une passion extrémiste

Un incipit de conte de fées ou la scène du bal

La nouvelle se rapproche ici du conte de fées, sur le plan psychologique (très peu décrits, les personnages se réduisent à des types encore peu fouillés), descriptif et narratif (Vanina est la plus belle, Livio le plus brillant, mais il manque d'intelligence ; à minuit, l'heure de Cendrillon, une nouvelle bouleverse le bal tout entier : l'évasion du carbonaro), et enfin structurel (dès les premières lignes, nous savons que la jeune Vanina va trouver l'amour auprès du jeune inconnu).

Cette ouverture rappelle, irrésistiblement, l'arrivée, à la cour du roi Henri II, de Mlle de Chartres, dans *La Princesse de Clèves* de Mme de La Fayette. En effet, avant l'émancipation des femmes, les jeunes filles sortent peu ; elles se rendent à la messe, à l'église ou au bal qui leur fournit l'occasion de se montrer en public, très souvent pour rencontrer un futur mari. Aussi le bal constitue-t-il également un moyen, pour ceux qui l'organisent, de prouver leur supériorité, financière, économique, etc. De fait, très vite, le palais romain – et la référence à Venise y contribue sans nul doute – se transforme en demeure de conte de fées, presque irréel, supérieur aux châteaux royaux et éblouissant. En témoigne la précision superlative fournie par le narrateur dès le premier paragraphe (p. 23) :

> Tout ce que les arts de l'Italie, tout ce que le luxe de Paris et de Londres peuvent produire de plus magnifique avait été réuni pour l'embellissement de ce palais.

Du conte de fées au roman d'amour

Vanina Vanini s'ouvre sur une scène de bal qui semble correspondre aussi à une scène d'intronisation de l'héroïne dans un nouveau monde, celui de l'initiation à l'amour. Dans ce lieu du paraître, les jeunes filles et les femmes rivalisent de beauté et de parure. Tout se passe donc comme si les filles concouraient pour décrocher un prix. Dans le premier paragraphe, le substantif «concours» joue sur la double acception du terme, qui renvoie à l'idée à la fois de réunion et de compétition. Comme celle de Mlle de Chartres, la beauté supérieure de Vanina est indiscutable. Toutefois, de manière très claire, l'héroïne de Stendhal refuse de s'abaisser à se donner en spectacle. Son père lui demande de danser «avec deux ou trois souverains d'Allemagne», «quelques Anglais fort beaux et fort nobles», mais elle ne supporte pas de se satisfaire d'apparences. Vanina n'éprouve aucune estime pour le jeune prince Livio Savelli, dont l'introduction dans le récit permet d'accentuer le contraste avec la figure du conspirateur incarcéré au château Saint-Ange. En filigrane se dessine une opposition entre deux types de personnages : le héros de la patrie et le jeune homme superficiel dont on dirait, de nos jours, qu'il fait partie de la «jet-set» – mais aussi un contraste entre deux espaces : les lieux éclatants du bal, la face éclairée de la société, et la prison, les ténèbres où sont relégués les esprits brillants.

Comment tombe-t-on amoureuse d'un conspirateur ?

Le suspens du bal – Il contribue au romanesque de la narration qui, cependant, le lève assez vite. En effet, dès le lendemain, Vanina remarque un changement dans les habitudes de son père ; elle l'espionne et surprend son secret. Le rôle du père, Asdrubale Vanini, s'arrête là. Il assume la fonction d'un médiateur ; son apparence ressemble à celle d'un «comédien». Il paraît indifférent à toute autre personne que sa fille : il a «oublié» ses deux fils. Cette défaillance apparente de l'autorité paternelle laisse le champ libre à Vanina.

Le mystère et la cristallisation amoureuse – Dans l'œuvre de Stendhal, les premières approches entre amoureux admettent une infinité de variations. Entre une preste réalisation et un atermoiement infini, les scènes d'observation et les premiers contacts de Vanina et Missirilli entrent dans un schéma traditionnel, compliqué cependant par le déguisement romanesque du jeune homme. Son mystère, sa blessure, sa situation de faiblesse mais aussi son courage accroissent son pouvoir de séduction : «Vanina l'aimait à la folie.» Tous ces éléments contribuent au phénomène que Stendhal qualifie de «cristallisation» amoureuse. Elle consiste à projeter sur l'objet aimé toutes les qualités qu'on lui prête pour le faire correspondre avec un idéal. Ici, Vanina incarne la jeune fille charitable et Missirilli le stéréotype du grand homme affaibli. Pour perdurer, cette projection s'alimente aux incertitudes du cœur ou de l'interprétation de tel ou tel comportement adopté par l'objet aimé (p. 32) :

> Il eut tous les scrupules de l'amour-passion [...]

Le sentiment du danger accroît encore l'intensité de la relation, car il confère plus de prix à l'objet aimé.

La «morale» de la passion amoureuse – Vanina doit choisir entre deux options : soit épouser un prince complaisant mais inconsistant et d'une intelligence commune, soit admettre que la cause de la patrie puisse occuper toutes les pensées de Pietro. Pour elle, il faut savoir aimer. Elle incarne la femme forte, qui manipule son futur mari, Livio, et tente de dominer le conspirateur, Pietro. De fait, la passion est exigeante : elle se veut sans rivale. Elle postule le dépassement de soi et vise l'absolu. Mais elle repose, comme le suggère le dénouement, sur l'illusion.

Les folies de Vanina

Comment se faire aimer d'un prince ? – Vanina se forge un plan précis : elle veut instrumentaliser le prince Livio pour parvenir à ses fins personnelles. Elle l'utilise sans ménagement, lui parle avec dureté et lui compte avec parcimonie les récompenses (p. 45) :

> Au sortir du palais du gouverneur de Rome, Vanina permit à don Livio de l'embrasser.

Au moment où il trahit le secret du jugement à venir, elle lui adresse un «compliment» qui ressemble à une injure : «Vous devenez un homme… » Elle incarne alors l'image négative du féminin, qui court dans toute la conscience masculine depuis l'apparition de Lilith, la première épouse d'Adam, déjà révoltée contre sa condition ; mais Ève, la séductrice, n'aura rien à lui envier en matière de traîtrise. Ainsi, Vanina incarne la femme fatale, celle qui conduit les hommes à leur perte : par la rupture (pour Missirilli) ou par le mariage (pour Livio). Elle ne cesse de multiplier les défis et les obstacles ; de fait, il ne l'en aime que davantage – ce qui suppose aussi que la passion recèle une forme de masochisme chez les êtres médiocres qui ne savent pas rendre un culte à l'orgueil.

Livio ou l'amour sans orgueil – Vis-à-vis de Livio, Vanina incarne donc la femme immorale, ou plutôt amorale, qui n'hésite pas à utiliser les êtres humains comme des objets, des instruments au service de ses propres désirs. Ce malheureux Livio nous paraît bien pitoyable. L'intransigeante jeune femme lui impose des épreuves de plus en plus difficiles à surmonter et exige de lui qu'il commette des actions contraires à la morale ; il doit d'abord entrer avec effraction dans le bureau de son oncle. Puis, à la faveur d'une ellipse de la narration, Stendhal sous-entend qu'il lui donne la clef puisqu'elle entre dans le cabinet de monsignor Savelli-Catanzara, gouverneur de Rome et ministre de la Police. Ensuite, il fait en sorte que deux hommes de Vanina entrent l'un au service de son oncle et l'autre au château Saint-Ange. En somme, elle et lui se trouvent alors comme liés par leur double trahison.

Une femme de tête chez les prélats – Dans *Vanina Vanini*, Stendhal fait des prêtres des ennemis des carbonari et, par voie de conséquence, des agents du pouvoir autrichien. Au tribunal, la sentence est sévère, mais la lecture du récit stendhalien inspire une impression ambiguë : tout se passe comme si, pour plaire à leur hiérarchie et obtenir des places, notamment le « chapeau », les prélats rendaient des jugements terribles qu'ils commueraient, comme dans une comédie, en emprisonnement de courte durée. Cependant, pour accroître la tension dramatique et donner plus de prix à l'action de Vanina, Stendhal fait de monseigneur Catanzara un homme intransigeant, qui inspire terreur et respect à son neveu. Comment Vanina parvient-elle à ses fins ? Tout d'abord, elle l'impressionne, puis elle joue sur la peur de l'empoisonnement, enfin, elle le séduit par sa beauté. Dès cet instant, leur « marché » est conclu. Mais Stendhal ne veut pas présenter le pape comme un tyran assoiffé de sang ; sa Sainteté était déjà prête à commuer la peine. Ainsi les obstacles extérieurs tombent. Vanina reste seule avec ses angoisses personnelles et les obstacles intérieurs au couple qu'elle voudrait former avec Pietro.

Les revendications d'une femme passionnée et narcissique – Vanina se met au service de la cause ; elle apporte de l'argent (« deux mille sequins », p. 38). Elle se sert de ses relations pour transmettre la liste des « curés qui servaient d'espions au gouvernement ». Au détour d'une phrase, Stendhal dénonce la collusion du clergé avec les forces d'occupation. Mais, ici, ce qui l'intéresse, c'est bien le mécanisme d'une « morale » passionnelle qui requiert de l'objet aimé une absolue disponibilité et une fidélité sans faille. Vanina se donne tout entière et demeure inchangée, de Rome à Forli. À l'inverse, Pietro semble incapable de se dévouer à une autre cause que celle de la patrie. Dans la nouvelle, il apparaît comme un personnage qui est plus agi qu'acteur de son existence. D'une certaine manière, l'action, chez Stendhal, s'avère connotée négativement ; elle ne peut aboutir qu'à des désastres. Vanina est la seule à agir avec détermination dans un univers masculin et passif. Elle agit en femme narcissique, incapable de partager son amant, fût-ce avec un idéal.

Le conflit de l'héroïsme et de la passion

Qu'est-ce qu'un héros ?

Le héros se moque de la mort et n'hésite pas à sacrifier toute son existence au triomphe, même futur, de ses idées. Il affirme des convictions si fortes qu'il méprise la douleur et ne supporte aucun affront. Mais Missirilli est aussi un homme affaibli par sa blessure ; en outre, il occupe une position inférieure dans la hiérarchie sociale. Comme Julien Sorel dans *Le Rouge et le Noir*, il ne veut pas avouer son amour parce qu'il refuse de s'abaisser encore : l'aveu amoureux équivaut à la reconnaissance d'une faiblesse. Il attend donc que Vanina fasse le premier pas, mais il se lance des défis limités (p. 32) :

> Missirilli, brûlant d'amour, mais songeant à sa naissance obscure et à ce qu'il se devait, s'était promis de ne descendre à parler d'amour que si Vanina restait huit jours sans le voir.

Il dissimule son identité mais aussi cette passion qui risque de le livrer sans recours à cette fille énergique.

La jeune fille passionnée : une héroïne stendhalienne

Une fille anticonformiste – L'ardente Vanina incarne la véritable aristocratie, selon Stendhal, celle de l'esprit. D'emblée, en effet, elle se présente comme une rebelle : elle refuse de se marier par conformisme (p. 25) :

> Elle a déjà dix-neuf ans, et a refusé les partis les plus brillants. Quelle est sa raison ? la même que celle de Sylla pour abdiquer, *son mépris pour les Romains*.

Pour Stendhal, les grandes passions habitent Rome, mais tous les habitants de cette ville ne sont pas à la hauteur de la romanité. Vanina attend donc l'homme qui saura l'incarner ; elle se trouve, en quelque sorte, dans un état d'attente amoureuse, mais elle refuse de jeter son dévolu sur le premier venu.

Une grande détermination – Vanina incarne l'amoureuse héroïque. De manière générale, cette jeune fille, libre de ses mouvements, semble ne plus avoir de mère occupée à la surveiller et son père n'assume pas vraiment la fonction d'un patriarche répressif. En outre, vis-à-vis de Missirilli, elle se trouve dans une relative situation de supériorité. Fille du protecteur du carbonaro, elle maîtrise la situation, décide de le faire soigner. Cette détermination oriente toute son action ultérieure : elle veut maîtriser la relation amoureuse, au risque de tout perdre. Elle assume le rôle du sauveur et, pour ce faire, n'hésite pas à négliger le désir explicite du jeune homme. Elle écoute à peine le récit de son évasion : elle ne supporte pas d'être contrariée dans l'expression et la mise en œuvre de ses volontés (p. 30) :

> Missirilli ne trouva nulle pitié dans ces yeux si beaux, mais seulement l'expression d'un caractère altier que l'on vient de blesser.

Le traître dans la littérature

Dans *Vanina Vanini*, Stendhal fait allusion à une conspiration qui se serait déroulée dans les années 1820 et aurait avorté sur dénonciation des chefs. La figure du délateur incarne le double antithétique et complémentaire du héros. Missirilli devient le chef de conspirateurs entrés dans la charbonnerie depuis la trahison de Murat. En 1808, Napoléon place Murat sur le trône de Naples comme un pion sur son échiquier politique. Après le congrès de Vienne, en 1815, il tente de conserver sa couronne en versant de généreux subsides aux diplomates, mais les Bourbons doivent retrouver leur trône. Murat tente des solutions désespérées avant d'être fusillé le 13 octobre 1815. Ainsi, le groupe commandé par Missirilli se trouve placé sous le signe d'une trahison. Son premier échec ne le décourage pas. Mais son erreur consiste à ne pas avoir pris conscience de l'évolution suivie par Vanina.

Pourquoi Vanina trahit-elle la cause des carbonari ?

Pour Vanina, la cause de l'Italie ne représente rien d'autre qu'un moyen de se trouver aux côtés de l'homme qu'elle aime. Elle n'a pas la tête politique. Persuadée de ne pas occuper dans l'esprit de son amant toute la place à laquelle elle a droit, elle ne supporte pas de se trouver en situation d'infériorité. Par orgueil, elle se laisse porter par la suggestion que propose la première trahison, dont elle n'est pas coupable. Elle redouble le processus. Elle imagine pouvoir alors régner en maîtresse absolue sur Missirilli : son forfait accompli, elle le retrouve, « croyant que désormais il était tout à elle ». La question se pose alors de savoir si Vanina aime vraiment Missirilli ou bien si elle cherche surtout à s'assurer de son propre bonheur en maîtrisant la situation et en dominant l'objet aimé. Or, comme nous l'avons vu plus haut, les amants ne parviennent au bonheur absolu qu'en oubliant les exigences individuelles pour mieux se fondre dans le couple. La trahison mène à la catastrophe finale, à la dissolution du couple. La « sanction » de Vanina consiste à épouser un homme médiocre, Livio.

Les remords et le jugement sans appel du « monstre » moral – Vanina semble prendre conscience très vite, dès la réception de la lettre de son amant, qu'elle a perdu la partie. En témoigne son vœu de punir

« l'infâme qui a trahi », autrement dit, de révéler son identité à son amant. En effet, elle aurait très bien pu ne jamais lui révéler qu'elle l'avait trahi. Mais sa morale amoureuse le lui interdit : elle se doit à elle-même de vivre son amour dans la transparence, dans l'authenticité, même dans le crime, puisqu'elle a causé la mort d'un homme – celui qui s'est jeté dans un puits – et la condamnation à la prison des compagnons de Pietro. Elle souffre : elle éprouve des remords mais la narration stendhalienne ne s'attarde pas sur ces affres de l'âme (p. 45) :

> Au milieu d'une vie remplie, en apparence, par tous les plaisirs, Vanina, bourrelée de remords, était fort malheureuse. La lenteur des événements la tuait.

Tel un papillon attiré par la lumière, Vanina court à sa perte, avec impatience et sans doute aussi par impatience. Ainsi se referme sur elle l'étau d'un double orgueil : le sien, qui lui commande de révéler son forfait à Pietro, celui de son amant, qui exige le sacrifice d'une passion désormais « monstrueuse », autrement dit hors norme. Vanina pousse donc à son terme ultime son exigence passionnelle alors que Pietro trouve ses repères dans son patriotisme. « Le jour qui devait décider [de son] sort parut enfin » (p. 51). C'est que Vanina, elle aussi, passe en jugement devant son amant, ce qu'elle attend avec angoisse. Alors, dans l'obscurité de la prison, Pietro, chargé de chaînes, repousse l'offre qu'elle lui fait de la liberté et de sa propre personne. Il se condamne à la réclusion et la condamne à la médiocrité. Mais cette sentence était-elle méritée ? La narration ne le dit pas : le dénouement tombe comme un couperet.

à vous...

1 – Étude du récit. Qu'est-ce que Vanina fait pour Missirilli en deux occasions importantes ? En quoi peut-on dire qu'elle le sauve et qu'elle le perd ?

2 – Les ressorts mystérieux de l'action. Qui est monsignor Catanzara ? Que fait-il pour plaire à Vanina ? En quoi peut-on dire que

Stendhal manie l'ellipse narrative pour évoquer le rôle de ce personnage dans le récit? Et pourquoi l'auteur utilise-t-il ce procédé?

3 – Analyse du texte. Comment jugez-vous la réaction finale de Missirilli? Pouvez-vous trouver des ressemblances entre Pietro et Julien Sorel, qui refuse de mendier la pitié de ses juges et préfère la guillotine au pardon?

4 – La scène du bal : dans le roman, au XIXᵉ siècle, elle constitue un épisode récurrent, voire banal, de la littérature romanesque européenne. Dans *Le Rouge et le Noir*, au cours d'une scène de bal, Julien l'emporte sur tous ses rivaux dans l'esprit de Mathilde de La Mole; pourquoi? – Voir aussi, pour la scène de bal : *Le Lys dans la vallée* de Balzac, *Guerre et Paix* de Tolstoï.

5 – L'amour dans la nouvelle. L'approche amoureuse inspire beaucoup Stendhal : dans *Le Rouge et le Noir*, Julien Sorel se lance le défi de séduire Mme de Rênal; dans *Lucien Leuwen*, le jeune protagoniste attend très (trop?) longtemps Mme de Chasteller. À quel type d'approche correspond notre nouvelle? Stendhal distingue deux types d'amour, celui de Mme de Rênal et celui de Mathilde de La Mole. Vous direz à quel type d'amoureuse appartient Vanina et pourquoi l'échec de sa relation avec Pietro était prévisible.

Quiz narratologie : Vrai ou Faux?

Une **description** constitue une ellipse narrative :   V/F

L'**énonciation**, c'est le point de vue choisi par l'auteur :   V/F

La **situation d'énonciation** renvoie à la subjectivité de l'auteur :   V/F

Les **indices de subjectivité** désignent les indications situant l'action dans le temps et l'espace, ainsi que les marques de personne :   V/F

La **modalisation** renvoie aux termes qui permettent de suggérer le jugement du narrateur sur ce qui se passe dans le texte :   V/F

La **focalisation**, c'est l'acte consistant à produire un texte :   V/F

Les **indices d'énonciation** désignent les indices textuels exprimant le point de vue personnel du narrateur :   V/F

Mina de Vanghel

Mina de Vanghel naquit dans le pays de la philosophie et de l'imagination, à Kœnigsberg[1]. Vers la fin de la campagne de France, en 1814, le général prussien comte de Vanghel quitta brusquement la cour et l'armée. Un soir, c'était à Craonne[2], en Champagne, après un combat meurtrier où les troupes sous ses ordres avaient arraché la victoire, un doute assaillit son esprit : un peuple a-t-il le droit de changer la *manière intime et rationnelle suivant laquelle un autre peuple veut régler son existence matérielle et morale?* Préoccupé de cette grande question, le général résolut de ne plus tirer l'épée avant de l'avoir résolue; il se retira dans ses terres de Kœnigsberg.

Surveillé de près par la police de Berlin, le comte de Vanghel ne s'occupa que de ses méditations philosophiques et de sa fille unique, Mina. Peu d'années après, il mourut, jeune encore, laissant à sa fille une immense fortune, une mère faible et la disgrâce de la cour, – ce qui n'est pas peu dire dans la fière Germanie. Il est vrai que, comme para-

1. Kœnigsberg : ville de Prusse-Orientale.
2. Craonne : contrairement à ce que dit Stendhal, le plateau de Craonne n'est pas en Champagne mais lui est limitrophe.

tonnerre contre ce malheur, Mina de Vanghel avait un des noms les plus nobles de l'Allemagne orientale. Elle n'avait que seize ans; mais déjà le sentiment qu'elle inspirait aux jeunes militaires qui faisaient la société de son père allait jusqu'à la vénération et à l'enthousiasme; ils aimaient le caractère romanesque et sombre qui quelquefois brillait dans ses regards.

Une année se passa; son deuil finit, mais la douleur où l'avait jetée la mort de son père ne diminuait point. Les amis de madame de Vanghel commençaient à prononcer le terrible mot de *maladie de poitrine*[1]. Il fallut cependant, à peine le deuil fini, que Mina parût à la cour d'un prince souverain dont elle avait l'honneur d'être un peu parente. En partant pour C..., capitale des états du grand-duc, madame Vanghel, effrayée des idées romanesques de sa fille et de sa profonde douleur, espérait qu'un mariage convenable et peut-être un peu d'amour la rendraient aux idées de son âge.

– Que je voudrais, lui disait-elle, vous voir mariée dans ce pays!

– Dans cet ingrat pays! dans un pays, lui répondait sa fille d'un air pensif, où mon père, pour prix de ses blessures et de vingt années de dévouement, n'a trouvé que la surveillance de la police la plus vile qui fut jamais! Non, plutôt changer de religion et aller mourir religieuse dans le fond de quelque couvent catholique!

Mina ne connaissait les cours que par les romans de son compatriote Auguste Lafontaine[2]. Ces tableaux de l'Al-

---

1. Maladie de poitrine : la phtisie ou tuberculose est la maladie «à la mode» à l'époque romantique. Elle donne une allure chétive; ici, l'inadaptation sociale de Mina, le mal du siècle romantique en somme, est interprétée comme un état maladif – analyse fort réductrice signalant l'ironie de Stendhal.
2. Auguste Lafontaine (1758-1831) : romancier allemand, fort prolifique en

bane[1] présentent souvent les amours d'une riche héritière que le hasard expose aux séductions d'un jeune colonel, aide de camp du roi, mauvaise tête et bon cœur. Cet amour, né de l'argent, faisait horreur à Mina.

– Quoi de plus vulgaire et de plus plat, disait-elle à sa mère, que la vie d'un tel couple un an après le mariage, lorsque le mari, grâce à son mariage, est devenu général-major et la femme dame d'honneur de la princesse hérédi-taire! que devient leur bonheur, s'ils éprouvent une banqueroute?

Le grand-duc de C..., qui ne songeait pas aux obstacles que lui préparaient les romans d'Auguste Lafontaine, vou-lut fixer à sa cour l'immense fortune de Mina. Plus mal-heureusement encore, un de ses aides de camp fit la cour à Mina, peut-être avec *autorisation supérieure*. Il n'en fallut pas davantage pour la décider à fuir l'Allemagne. L'entre-prise n'était rien moins que facile.

– Maman, dit-elle un jour à sa mère, je veux quitter ce pays et m'expatrier.

– Quand tu parles ainsi, tu me fais frémir : tes yeux me rappellent ton pauvre père, lui répondit madame de Van-ghel. Eh bien! je serai neutre, je n'emploierai point mon autorité; mais ne t'attends point que je sollicite auprès des ministres du grand-duc la permission qui nous est néces-saire pour voyager en pays étranger.

Mina fut très malheureuse. Les succès que lui avaient valus ses grands yeux bleus si doux et son air distingué

_____

mièvreries mais typique du genre allemand; il fut nommé chanoine de Magde-bourg pour avoir peint la vie paisible à la manière germanique.
1. L'Albane : Francesco Albani (1578-1660) dit, peintre de l'école de Bologne, s'est illustré dans le genre que l'on qualifie, aujourd'hui, de «mignard». La construction syntaxique de la phrase n'est pas très claire; Stendhal semble rap-procher l'art de la description du romancier Auguste Lafontaine aux tableaux de L'Albane.

diminuèrent rapidement quand on apprit à la cour qu'elle avait des idées qui contrariaient celles de Son Altesse Sérénissime. Plus d'une année se passa de la sorte ; Mina désespérait d'obtenir la permission indispensable. Elle forma le projet de se déguiser en homme et de passer en Angleterre, où elle comptait vivre en vendant ses diamants. Madame de Vanghel s'aperçut avec une sorte de terreur que Mina se livrait à de singuliers essais pour altérer la couleur de sa peau. Bientôt après, elle sut que Mina avait fait faire des habits d'homme. Mina remarqua qu'elle rencontrait toujours dans ses promenades à cheval quelque gendarme du grand-duc ; mais, avec l'imagination allemande qu'elle tenait de son père, les difficultés, loin d'être une raison pour la détourner d'une entreprise, la lui rendaient encore plus attrayante.

Sans y songer, Mina avait plu à la comtesse D... ; c'était la maîtresse du grand-duc, femme singulière[1] et romanesque s'il en fut. Un jour, se promenant à cheval avec elle, Mina rencontra un gendarme qui se mit à la suivre de loin. Impatientée par cet homme, Mina confia à la comtesse ses projets de fuite. Peu d'heures après, madame de Vanghel reçut un billet écrit de la propre main du grand-duc, qui lui permettait une absence de six mois pour aller aux eaux de Bagnères. Il était neuf heures du soir ; à dix heures, ces dames étaient en route, et fort heureusement le lendemain, avant que les ministres du grand-duc fussent éveillés, elles avaient passé la frontière.

Ce fut au commencement de l'hiver de 182... que madame de Vanghel et sa fille arrivèrent à Paris. Mina eut beaucoup de succès dans les bals des diplomates. On pré-

1. Singulière : extraordinaire.

tendit que ces messieurs avaient l'ordre d'empêcher doucement que cette fortune de plusieurs millions ne devînt la
proie de quelque séducteur français. En Allemagne, on croit
encore que les jeunes gens de Paris s'occupent des femmes.

Au travers de toutes ces imaginations allemandes, Mina,
qui avait dix-huit ans, commençait à avoir des éclairs de bon
sens ; elle remarqua qu'elle ne pouvait parvenir à se lier
avec aucune femme française. Elle rencontrait chez toutes
une politesse extrême, et après six semaines de connaissance, elle était moins près de leur amitié que le premier
jour. Dans son affliction, Mina supposa qu'il y avait dans
ses manières quelque chose d'impoli et de désagréable, qui
paralysait l'urbanité[1] française. Jamais avec autant de supériorité réelle on ne vit tant de modestie. Par un contraste
piquant, l'énergie et la soudaineté de ses résolutions étaient
cachées sous des traits qui avaient encore toute la naïveté et
tout le charme de l'enfance, et cette physionomie ne fut
jamais détruite par l'air plus grave qui annonce la raison. La
raison, il est vrai, ne fut jamais le trait marquant de son
caractère.

Malgré la sauvagerie polie de ses habitants, Paris plaisait
beaucoup à Mina. Dans son pays, elle avait en horreur
d'être saluée dans les rues et de voir son équipage reconnu ;
à C..., elle voyait des espions dans tous les gens mal vêtus
qui lui ôtaient leur chapeau ; l'incognito de cette république
qu'on appelle Paris séduisit ce caractère singulier. Dans
l'absence des douceurs de cette société intime que le cœur
un peu trop allemand de Mina regrettait encore, elle voyait
que tous les soirs on peut trouver à Paris un bal ou un spectacle amusant. Elle chercha la maison que son père avait

---

1. Urbanité : (de *urbs*, « ville » en latin) politesse.

habitée en 1814, et dont si souvent il l'avait entretenue. Une fois établie dans cette maison, dont il lui fallut à grand' peine renvoyer le locataire, Paris ne fut plus pour elle une ville étrangère, mademoiselle Vanghel reconnaissait les plus petites pièces de cette habitation.

Quoique sa poitrine fût couverte de croix et de plaques, le comte de Vanghel n'avait été au fond qu'un philosophe, rêvant comme Descartes[1] ou Spinoza[2]. Mina aimait les recherches obscures de la philosophie allemande et le noble stoïcisme de Fichte[3], comme un cœur tendre aime le souvenir d'un beau paysage. Les mots les plus inintelligibles de Kant[4] ne rappelaient à Mina que le son de voix avec lequel son père les prononçait. Quelle philosophie ne serait pas touchante et même intelligible avec cette recommandation. Elle obtint de quelques savants distingués qu'ils vinssent chez elle faire des cours, où n'assistaient qu'elle et sa mère.

Au milieu de cette vie qui s'écoulait le matin avec des savants et le soir dans les bals d'ambassadeurs, l'amour n'effleura jamais le cœur de la riche héritière. Les Français l'amusaient, mais ils ne la touchaient pas. «Sans doute, disait-elle à sa mère, qui les lui vantait souvent, ce sont les hommes les plus aimables que l'on puisse rencontrer. J'admire leur esprit brillant, chaque jour leur ironie si fine me surprend et m'amuse; mais ne les trouvez-vous pas

1. Descartes, René (1596-1650), philosophe français, célèbre pour sa formule «Je pense donc je suis» et sa pratique de la «table rase», ennemie des préjugés; révoquant en doute l'autorité des idées reçues, il fonde la philosophie moderne sur l'examen personnel.
2. Spinoza, Baruch (1632-1677), philosophe hollandais, esprit indépendant, il critique Descartes mais en adepte du rationalisme.
3. Fichte, Johann (1762-1814), philosophe allemand, il réagit aux conquêtes de Napoléon Ier: au lendemain de la bataille d'Iéna, pendant l'hiver 1807-1808, il prononce, à l'académie de Berlin, son *Discours à la nation allemande* pour réveiller le nationalisme et inciter à faire l'unité du pays.
4. Kant, Emmanuel (1724-1804), philosophe allemand à l'origine de la philosophie contemporaine; Stendhal ne l'a jamais lu.

empruntés et ridicules dès qu'ils essaient de paraître émus ? Est-ce que jamais leur émotion s'ignore elle-même ? – À quoi bon ces critiques ? répondait la sage madame de Vanghel. Si la France te déplaît, retournons à Kœnigsberg ; mais n'oublie pas que tu as dix-neuf ans et que je puis te manquer ; songe à choisir un protecteur. Si je venais à mourir, ajoutait-elle en souriant et d'un air mélancolique, le grand-duc de C... te ferait épouser son aide de camp.»

Par un beau jour d'été, madame de Vanghel et sa fille étaient allées à Compiègne pour voir une chasse du roi. Les ruines de Pierrefonds, que Mina aperçut tout à coup au milieu de la forêt, la frappèrent extrêmement. Encore esclave des préjugés allemands, tous les grands monuments qu'enferme Paris, cette *nouvelle Babylone*, lui semblaient avoir quelque chose de *sec*, d'*ironique* et de *méchant.*

Les ruines de Pierrefonds[1] lui parurent touchantes, comme une ruine de ces vieux châteaux qui couronnent les cimes du Brocken[2]. Mina conjura sa mère de s'arrêter quelques jours dans la petite auberge du village de Pierrefonds. Ces dames y étaient fort mal. Un jour de pluie survint. Mina, étourdie comme à douze ans, s'établit sous la porte cochère de l'auberge, occupée à voir tomber la pluie. Elle remarqua l'affiche d'une terre à vendre dans le voisinage. Elle arriva un quart d'heure après chez le notaire, conduite par une fille d'auberge qui tenait un parapluie sur sa tête. Ce notaire fut bien étonné de voir cette jeune fille vêtue si simplement discuter avec lui le prix d'une terre de

---

1. Pierrefonds : en lisière de la forêt de Compiègne, château médiéval dont les ruines ne peuvent que séduire les imaginations romantiques, férues à la fois de Moyen Âge et de ruines mélancoliques.
2. Brocken : point culminant du massif du Harz, visité par Stendhal en 1807 ; la montagne est un lieu privilégié de l'esthétique romantique ; on se rappelle, aussi, l'attachement de Stendhal et de son héros, Julien Sorel, pour les lieux élevés.

plusieurs centaines de mille francs, le prier ensuite de signer un compromis et d'accepter comme arrhes du marché quelques billets de mille francs de la Banque de France.

Par un hasard que je me garderai d'appeler singulier, Mina ne fut trompée que de très peu. Cette terre s'appelait *le Petit-Verberie*. Le vendeur était un comte de Ruppert, célèbre dans tous les châteaux de la Picardie. C'était un grand jeune homme fort beau ; on l'admirait au premier moment, mais peu d'instants après on se sentait repoussé par quelque chose de dur et de vulgaire. Le comte de Ruppert se prétendit bientôt l'ami de madame de Vanghel ; il l'amusait. C'était peut-être parmi les jeunes gens de ce temps le seul qui rappelât ces roués[1] aimables dont les mémoires de Lauzun[2] et de Tilly[3] présentent le roman embelli. M. de Ruppert achevait de dissiper une grande fortune ; il imitait les travers des seigneurs du siècle de Louis XIV, et ne concevait pas comment Paris s'y prenait pour ne pas s'occuper exclusivement de lui. Désappointé dans ses idées de gloire, il était devenu amoureux fou de l'argent. Une réponse qu'il reçut de Berlin porta à son comble sa passion pour mademoiselle de Vanghel. Six mois plus tard, Mina disait à sa mère : « Il faut vraiment acheter une terre pour avoir des amis. Peut-être perdrions-nous quelques mille francs si nous voulions nous défaire du *Petit-Verberie* : mais à ce prix nous comptons maintenant une foule de femmes aimables parmi nos connaissances intimes. »

1. Roué : nom masculin, « débauché », surtout au XVIIIe siècle, durant la Régence.
2. Lauzun : Antonin Nompar de Caumont, duc de (1633-1723) officier français, favori de Louis XIV, disgracié pour libertinage de mœurs, emprisonné, il finit par être réhabilité. La Bruyère écrivit de lui : « Il n'était pas permis de rêver comme il a vécu. »
3. Tilly : grand commentateur de Pierre-Ambroise Choderlos de Laclos, auteur des *Liaisons dangereuses*, roman par lettres très apprécié de Stendhal.

Toutefois Mina ne prit point les façons d'une jeune Française. Tout en admirant leurs grâces séduisantes, elle conserva le naturel et la liberté des façons allemandes. Madame de Cély, la plus intime de ses nouvelles amies, disait de Mina qu'elle était *différente,* mais non pas singulière : une grâce charmante lui faisait tout pardonner ; on ne lisait pas dans ses yeux qu'elle avait des millions ; elle n'avait pas la *simplicité* de la très bonne compagnie, mais la vraie séduction.

Cette vie tranquille fut troublée par un coup de tonnerre : Mina perdit sa mère. Dès que sa douleur lui laissa le temps de songer à sa position, elle la trouva des plus embarrassantes. Madame de Cély l'avait amenée à son château. « Il faut, lui disait cette amie, jeune femme de trente ans, il faut retourner en Prusse, c'est le parti le plus sage ; sinon, il faut vous marier ici dès que votre deuil sera fini, et, en attendant faire bien vite venir de Kœnigsberg une dame de compagnie qui, s'il se peut, soit de vos parentes. »

Il y avait une grande objection : les Allemandes, même les filles riches, croient qu'on ne peut épouser qu'un homme qu'on adore. Madame de Cély nommait à mademoiselle de Vanghel dix partis sortables ; tous ces jeunes gens semblaient à Mina vulgaires, ironiques presque méchants. Mina passa l'année la plus malheureuse de sa vie ; sa santé s'altéra, et sa beauté disparut presque entièrement. Un jour qu'elle était venue voir madame de Cély, on lui apprit qu'elle verrait à dîner la célèbre madame de Larçay : c'était la femme la plus riche et la plus aimable du pays ; on la citait souvent pour l'élégance de ses fêtes et la manière parfaitement digne, aimable et tout à fait exempte de ridicule, avec laquelle elle savait défaire une fortune considérable. Mina fut étonnée de tout ce qu'elle trouva de commun et de prosaïque dans le caractère de madame de

Larçay. – Voilà donc ce qu'il faut devenir pour être aimée ici! – Dans sa douleur, car le désappointement du *beau* est une douleur pour les cœurs allemands, Mina cessa de regarder madame de Larçay, et, par politesse, fit la conversation avec son mari. C'était un homme fort simple, qui, pour toute recommandation, avait été page de l'empereur Napoléon à l'époque de la retraite de Russie[1], et s'était distingué par une bravoure au-dessus de son âge dans cette campagne et dans les suivantes. Il parla à Mina fort bien et fort simplement de la Grèce, où il venait de passer une ou deux années, se battant pour les Grecs[2]. Sa conversation plut à Mina; il lui fit l'effet d'un ami intime qu'elle reverrait après en avoir été longtemps séparée.

Après le dîner, on alla voir quelques sites célèbres de la forêt de Compiègne. Mina eut plus d'une fois l'idée de consulter M. le Larçay sur ce que sa position avait d'embarrassant. Les airs élégants du comte de Ruppert, qui ce jour-là suivait les calèches à cheval, faisaient ressortir les manières pleines de naturel et même naïves de M. de Larçay. Le grand événement au milieu duquel il avait débuté dans la vie, en lui faisant voir le cœur humain tel qu'il est, avait contribué à former un caractère inflexible, froid, positif, assez enjoué, mais dénué d'imagination. Ces caractères font un effet étonnant sur les âmes qui ne sont qu'imagination. Mina fut étonnée qu'un Français pût être aussi simple.

Le soir, quand fut parti, Mina se sentit comme séparée d'un ami qui, depuis des années, aurait su tous ses secrets.

---

1. La retraite de Russie : défaite considérable qui sonne le glas du premier Empire ; Stendhal y participa et cette expérience changea sa vie.
2. Grecs : dans les années 1820, le mouvement philhellène rassembla tous ceux qui voulaient aider les Grecs à retrouver leur indépendance et à se libérer des Turcs. C'est en Grèce que périt lord Byron, grande figure de la littérature anglaise et du mouvement romantique européen.

Tout lui sembla sec et importun, même l'amitié si tendre de madame de Cély. Mina n'avait eu besoin de déguiser aucune de ses pensées auprès de son nouvel ami. La crainte de la petite ironie française ne l'avait point obligée, à chaque instant, à jeter un voile sur sa pensée allemande si pleine de franchise. M. de Larçay s'affranchissait d'une foule de petits mots et petits gestes demandés par l'élégance. Cela le vieillissait de huit ou dix ans; mais, par cela même, il occupa toute la pensée de Mina pendant la première heure qui suivit son départ.

Le lendemain, elle était obligée de faire un effort pour écouter même madame de Cély; tout lui semblait sec et méchant. Elle ne regardait plus comme une chimère, qu'il fallait oublier, l'espoir le trouver un cœur franc et sincère qui ne cherchât pas toujours le motif d'une plaisanterie dans la remarque la plus simple; elle fut rêveuse toute la journée. Le soir, madame de Cély nomma M. de Larçay; Mina tressaillit et se leva comme si on l'eût appelée, elle rougit beaucoup et eut bien de la peine à expliquer ce mouvement singulier. Dans son trouble elle ne put pas se déguiser plus longtemps à elle-même ce qu'il lui importait de cacher aux autres. Elle s'enfuit dans sa chambre. «Je suis folle», se dit-elle. À cet instant commença son malheur: il fit des pas de géant; en peu d'instants, elle en fut à avoir des remords. «J'aime d'amour, et j'aime un homme marié!» Tel fut le remords qui l'agita toute la nuit.

M. de Larçay, partant avec sa femme pour les eaux d'Aix en Savoie, avait oublié une carte sur laquelle il avait montré à ces dames un petit détour qu'il comptait faire en allant à Aix. Un des enfants de madame de Cély trouva cette carte; Mina s'en empara et se sauva dans les jardins. Elle passa une heure à suivre le voyage projeté par M. de Larçay. Les noms des petites villes qu'il allait parcourir lui semblaient nobles et singuliers. Elle se faisait les images les plus pittoresques de leur position ; elle enviait le bonheur de ceux qui les habitaient. Cette douce folie fut si forte, qu'elle suspendit ses remords. Quelques jours après, on dit chez madame de Cély que les Larçay étaient partis pour la Savoie. Cette nouvelle fut une révolution dans l'esprit de Mina ; elle éprouva un vif désir de voyager.

À quinze jours de là, une dame allemande, d'un certain âge, arrivait à Aix en Savoie, dans une voiture de louage prise à Genève. Cette dame avait une femme de chambre contre laquelle elle montrait tant d'humeur que madame Toinod, la maîtresse de la petite auberge où elle était descendue, en fut scandalisée. Madame Cramer, c'était le nom de la dame allemande, fit appeler madame Toinod. « Je veux prendre auprès de moi, lui dit-elle, une fille du pays qui sache les *êtres* de la Ville d'Aix et de ses environs ; je n'ai que faire de cette belle demoiselle que j'ai eu la sottise d'amener et qui ne connaît rien ici. »

– Mon Dieu ! votre maîtresse a l'air bien en colère contre vous ! dit madame Toinod à la femme de chambre dès qu'elles se trouvèrent seules.

– Ne m'en parlez pas, dit Aniken[1] les larmes aux yeux ; c'était bien la peine de me faire quitter Francfort, où mes parents tiennent une bonne boutique. Ma mère a les premiers tailleurs de la ville et travaille absolument à l'instar de Paris.

– Votre maîtresse m'a dit qu'elle vous donnerait trois cents francs, quand vous voudriez, pour retourner à Francfort.

1. Aniken : prénom peut-être pris par Stendhal dans la biographie de Goethe, écrivain romantique allemand.

– J'y serais mal reçue ; jamais ma mère ne voudra croire que madame Cramer m'a renvoyée sans motifs.

– Eh bien ! restez à Aix, je pourrai vous y trouver une condition. Je tiens un bureau de placement ; c'est moi qui fournis des domestiques aux baigneurs. Il vous en coûtera soixante francs pour les frais, et sur les trois cents francs de madame Cramer, il vous restera encore dix beaux louis d'or.

– Il y aura cent francs pour vous, au lieu de soixante, dit Aniken, si vous me placez dans une famille française : je veux achever d'apprendre le français et aller servir à Paris. Je sais fort bien coudre, et pour gage de ma fidélité, je déposerai chez mes maîtres vingt louis d'or que j'ai apportés de Francfort.

Le hasard favorisa le roman qui avait déjà coûté deux ou trois cents louis à mademoiselle de Vanghel. M. et madame de Larçay arrivèrent à *La Croix de Savoie* : c'est l'hôtel à la mode. Madame de Larçay trouva qu'il y avait trop de bruit, et prit un logement dans une charmante maison sur le bord du lac. Les eaux étaient fort gaies cette année-là ; il y avait grand concours de gens riches, souvent de très beaux bals, où l'on était paré comme à Paris, et chaque soir grande réunion à la *Redoute*. Madame de Larçay, mécontente des ouvrières d'Aix, peu adroites et peu exactes, voulut avoir auprès d'elle une fille qui sût travailler. On l'adressa au bureau de madame Toinod, qui ne manqua pas de lui amener des filles du pays évidemment trop gauches. Enfin parut Aniken dont les cent francs avaient redoublé l'adresse naturelle de madame Toinod. L'air sérieux de la jeune Allemande plut à madame de Larçay ; elle la retint et envoya chercher sa malle.

Le même soir, après que ses maîtres furent partis pour la *Redoute*, Aniken se promenait en rêvant, dans le jardin, sur le bord du lac. « Enfin, se dit-elle, voilà cette grande folie consommée ! Que deviendrai-je si quelqu'un me reconnaît ? Que dirait madame de Cély, qui me croit à Kœnigsberg ! » Le courage qui avait soutenu Mina tant qu'il avait été question d'agir, commençait à l'abandonner. Son âme était vivement émue, sa respiration se pressait. Le repentir, la crainte de la honte, la rendaient fort malheureuse. Mais enfin la lune se leva derrière la montagne de Haute-Combe ; son disque brillant se réfléchissait dans les eaux du lac doucement agitées par une brise du nord ; de grands nuages blancs à formes bizarres passaient rapidement devant la lune et semblaient à Mina comme des géants immenses. « Ils viennent de mon pays, se disait-elle ; ils veulent me voir et me donner courage au milieu du rôle singulier que je viens d'entreprendre. » Son œil attentif et passionné suivait leurs mouvements rapides. « Ombres de mes aïeux, se disait-elle, reconnaissez votre sang ; comme vous j'ai du courage. Ne vous effrayez point du costume bizarre dans lequel vous me voyez ; je serai fidèle à l'honneur. Cette flamme secrète d'honneur et d'héroïsme que vous m'avez transmise ne trouve rien de digne d'elle dans le siècle prosaïque[1] où le destin m'a jetée. Me mépriserez-vous parce que je me fais une destinée en rapport avec le feu qui m'anime ? » Mina n'était plus malheureuse.

Un chant doux se fit entendre dans le lointain ; la voix partait apparemment de l'autre côté du lac. Ses sons mourants arrivaient à peine jusqu'à l'oreille de Mina, qui écoutait attentivement. Ses idées changèrent de cours, elle s'attendrit sur son sort. « Qu'importent mes efforts ? Je ne pourrai tout au plus que m'assurer que cette âme céleste et pure que j'avais rêvée existe en effet dans ce monde ! Elle

1. Prosaïque : incapable d'élévation, donc vulgaire.

restera invisible pour moi. Est-ce que jamais j'ai parlé
devant ma femme de chambre? Ce déguisement malheureux n'aura pour effet que de m'exposer à la société des
domestiques d'Alfred. Jamais il ne daignera me parler.»
Elle pleura beaucoup. «Je le verrai du moins tous les
jours», dit-elle tout à coup en reprenant courage… un plus
grand bonheur n'était pas fait pour moi. Ma pauvre mère
avait bien raison : «Que de folies tu feras un jour, me disait-
elle, si jamais tu viens à aimer!»

La voix qui chantait sur le lac se fit entendre de nouveau,
mais de beaucoup plus près. Mina comprit alors qu'elle partait d'une barque que Mina aperçut par le mouvement
qu'elle communiquait aux ondes argentées par la lune. Elle
distingua une douce mélodie digne de Mozart[1]. Au bout
d'un quart d'heure, elle oublia tous les reproches qu'elle
avait à se faire, et ne songeait qu'au bonheur de voir Alfred
tous les jours. «Et ne faut-il pas, se dit-elle enfin, que
chaque être accomplisse sa destinée? Malgré les hasards
heureux de la naissance et de la fortune, il se trouve que
mon destin n'est pas de briller à la cour ou dans un bal. J'y
attirais les regards, je m'y suis vue admirée, – et mon ennui,
au milieu de cette foule, allait jusqu'à la mélancolie la plus
sombre! Tout le monde s'empressait de me parler; moi je
m'y ennuyais. Depuis la mort de mes parents, mes seuls instants de bonheur ont été ceux où, sans avoir de voisins
ennuyeux, j'écoutais de la musique de Mozart. Est-ce ma
faute si la recherche du bonheur, naturelle à tous les
hommes, me conduit à cette étrange démarche? Probablement elle va me déshonorer : eh bien! les couvents de l'É-
glise catholique m'offrent un refuge.»

1. Mozart, Wolfgang Amadeus (1756-1791) : compositeur autrichien, enfant pro-
dige, virtuose; Stendhal appréciait beaucoup sa musique et son *Don Giovanni*.

Minuit sonnait au clocher d'un village de l'autre côté du lac. Cette heure solennelle fit tressaillir Mina; la lune n'éclairait plus; elle rentra. Ce fut appuyée sur la balustrade de la galerie qui donnait sur le lac et le petit jardin que Mina, cachée sous le nom vulgaire d'Aniken, attendit *ses maîtres*. La musique lui avait rendu toute sa bravoure. «Mes aïeux, se disait-elle, quittaient leur magnifique château de Kœnigsberg pour aller à la Terre sainte; peu d'années après, ils en revenaient seuls au travers de mille périls, déguisés comme moi. Le courage qui les animait me jette, moi, au milieu des seuls dangers qui restent, en ce siècle puéril, plat et vulgaire, à la portée de mon sexe. Que je m'en tire avec honneur, et les âmes généreuses pourront s'étonner de ma folie, mais en secret elles me la pardonneront.»

Les jours passèrent rapidement et bientôt trouvèrent Mina réconciliée avec son sort. Elle était obligée de coudre beaucoup; elle prenait gaiement les devoirs de ce nouvel état. Souvent il lui semblait jouer la comédie : elle se plaisantait elle-même quand il lui échappait un mouvement étranger à son rôle. Un jour, à l'heure de la promenade, après dîner, quand le laquais ouvrit la calèche et déploya le marchepied, elle s'avança lestement pour monter. «Cette fille est folle», dit madame de Larçay. Alfred la regarda beaucoup; il lui trouvait une grâce parfaite. Mina n'était nullement agitée par les idées de *devoir* ou par la crainte du ridicule. Ces idées de *prudence humaine* étaient bien au-dessous d'elle : toutes les objections qu'elle se faisait ne venaient que du danger d'inspirer des soupçons à madame de Larçay. Il y avait à peine six semaines qu'elle avait passé toute une journée avec elle et dans un rôle bien différent.

Chaque jour, Mina se levait de grand matin afin de pouvoir pendant deux heures se livrer aux soins de s'enlaidir.

Ces cheveux blonds si beaux, et qu'on lui avait dit si souvent qu'il était si difficile d'oublier, quelques coups de ciseaux en avaient fait justice ; grâce à une préparation chimique, ils avaient pris une couleur désagréable et mélangée, tirant sur le châtain foncé. Une légère décoction de feuilles de houx[1], appliquée chaque matin sur ses mains délicates, leur donnait l'apparence d'une peau rude. Chaque matin aussi, ce teint si frais prenait quelques-unes des teintes désagréables que rapportent des colonies les blancs dont le sang a eu quelque rapport avec la race nègre. Contente de son déguisement qui la rendait plutôt trop laide, Mina songea à ne pas avoir d'idées d'un ordre trop remarquable. Absorbée dans son bonheur, elle n'avait nulle envie de parler. Placée auprès d'une fenêtre dans la chambre de madame de Larçay, et occupée à arranger des robes pour le soir, vingt fois par jour elle entendait parler Alfred et avait de nouvelles occasions d'admirer son caractère. Oserons-nous le dire ?... Pourquoi pas, puisque nous peignons un cœur allemand ? Il y eut des moments de bonheur et d'exaltation où elle alla jusqu'à se figurer que c'était un être surnaturel. Le zèle sincère et plein d'enthousiasme avec lequel Mina s'acquittait de ses nouvelles fonctions eut son effet naturel sur madame de Larçay, qui était une âme commune : elle traita Mina avec hauteur, et comme une pauvre fille qui était trop heureuse qu'on lui donnât de l'emploi. « Tout ce qui est sincère et vif sera donc à jamais déplacé parmi ces gens-ci ? » se dit Mina. Elle laissa deviner le projet de rentrer en grâce auprès de madame Cramer. Presque tous les jours elle demandait la permission d'aller la voir.

---

1. Décoction de feuilles de houx : dans *Lamiel*, roman inachevé de Stendhal, l'héroïne se passe une teinture sur le visage pour s'enlaidir et ne pas être inquiétée par de mauvais plaisants.

Mina avait craint que ses manières ne donnassent des idées singulières à madame de Larçay; elle reconnut avec plaisir que sa nouvelle maîtresse ne voyait en elle qu'une fille moins habile à la couture que la femme de chambre qu'elle avait laissée à Paris. M. Dubois, le valet de chambre d'Alfred, fut plus embarrassant. C'était un Parisien de quarante ans et d'une mise soignée, qui crut de son devoir de faire la cour à sa nouvelle camarade. Aniken le fit parler et s'aperçut qu'heureusement sa seule passion était d'amasser un petit trésor pour être en état d'ouvrir un café à Paris. Alors, sans se gêner, elle lui fit des cadeaux. Bientôt Dubois la servit avec autant de respect que madame de Larçay elle-même.

Alfred remarqua que cette jeune Allemande, quelquefois si gauche et si timide, avait des façons fort inégales, des idées justes et fines qui valaient la peine d'être écoutées. Mina, voyant dans ses yeux qu'il l'écoutait, se permit quelques réflexions délicates et justes, surtout quand elle avait l'espoir de n'être pas entendue ou de n'être pas comprise par madame de Larçay.

Si, durant les deux premiers mois que mademoiselle de Vanghel passa à Aix, un philosophe lui eût demandé quel était son but, l'enfantillage de la réponse l'eût étonné et le philosophe eût soupçonné un peu d'hypocrisie. Voir et entendre à chaque instant l'homme dont elle était folle était l'unique but de sa vie : elle ne désirait pas autre chose, elle avait trop de bonheur pour songer à l'avenir. Si le philosophe lui eût dit que cet amour pouvait cesser d'être aussi pur, il l'eût irritée encore plus qu'étonnée. Mina étudiait avec délices le caractère de l'homme qu'elle adorait. C'était surtout comme contraste avec la haute société dans laquelle la fortune et le rang de son père, membre de la chambre haute, l'avaient placé, que brillait le caractère du tranquille Larçay. S'il eût vécu parmi les bourgeois, la simplicité de ses manières, son horreur pour l'affectation et les grands airs, l'eussent peint à leurs yeux comme un homme d'une médiocrité achevée. Alfred ne cherchait jamais à dire des choses piquantes. Cette habitude était ce qui, le premier jour, avait le plus contribué à faire naître l'extrême attention de Mina. Voyant les Français à travers les préjugés de son pays, il lui semblait que leur conversation avait toujours l'air de la fin d'un couplet de vaudeville. Alfred avait vu assez de gens distingués en sa vie pour pouvoir faire de l'esprit avec sa mémoire; mais il se serait gardé comme d'une bassesse de dire des mots de pur agrément qu'il n'eût pas inventés dans le moment, et que quelqu'un des auditeurs eût pu savoir comme lui.

Chaque soir, Alfred conduisait sa femme à la *Redoute*, et revenait ensuite chez lui pour se livrer à une passion pour la botanique que venait de faire naître le voisinage des lieux où Jean-Jacques Rousseau[1] avait passé sa jeunesse. Alfred plaça ses cartons et ses plantes dans le salon où travaillait Aniken. Chaque soir, ils se trouvaient seuls ensemble des heures entières, sans que, de part ni d'autre, il fût dit un mot. Ils étaient tous les deux embarrassés et pourtant heureux. Aniken n'avait d'autre prévenance[2] pour Alfred que celle de faire fondre d'avance de la gomme dans de l'eau, pour qu'il pût coller dans son herbier des plantes sèches, et encore elle ne se permettait ce soin que parce qu'il pouvait passer pour

---

1. Rousseau, Jean-Jacques (1712-1778) : écrivain suisse d'expression française, originaire de Genève, il vécut plusieurs années près de Chambéry, chez Mme de Warens, dans la maison appelée les Charmettes (voir p. 125). Il aimait herboriser et se promenait souvent sur les rives du lac du Bourget. Alfred prend donc la «pose» romantique en imitant Rousseau, un auteur pré-romantique dont Stendhal appréciait les idées mais pas le style.
2. Prévenance : attention.

faire partie de ses devoirs. Quand Alfred n'y était pas, Mina admirait ces jolies plantes qu'il rapportait de ses courses dans les montagnes si pittoresques des bords du lac du Bourget. Elle se prit d'un amour sincère pour la botanique. Alfred trouva cela commode et bientôt singulier. «Il m'aime, se dit Mina; mais je viens de voir comment mon zèle pour les fonctions de mon état a réussi auprès de madame de Larçay.»

Madame Cramer feignit de tomber malade; Mina demanda et obtint la permission de passer ses soirées auprès de son ancienne maîtresse. Alfred fut étonné de sentir décroître et presque disparaître son goût pour la botanique; il restait le soir à la *Redoute*, et sa femme le plaisantait sur l'ennui que lui donnait la solitude. Alfred s'avoua qu'il avait du goût pour cette jeune fille. Contrarié par la timidité qu'il se trouvait auprès d'elle, il eut un moment de fatuité : «Pourquoi, se dit-il, ne pas agir comme le ferait un de mes amis? Ce n'est après tout qu'une femme de chambre.»

Un soir qu'il pleuvait, Mina resta à la maison. Alfred ne fit que paraître à la *Redoute*. Lorsqu'il rentra chez lui, la présence de Mina dans le salon parut le surprendre. Cette petite fausseté, dont Mina s'aperçut, lui ôta tout le bonheur qu'elle se promettait de cette soirée. Ce fut peut-être à cette disposition qu'elle dut la véritable indignation avec laquelle elle repoussa les entreprises d'Alfred. Elle se retira dans sa chambre. «Je me suis trompée, se dit-elle en pleurant; tous ces Français sont les mêmes.» Pendant toute la nuit, elle fut sur le point de retourner à Paris.

Le lendemain, l'air de mépris avec lequel elle regardait Alfred n'était point joué. Alfred fut piqué; il ne fit plus aucune attention à Mina et passa toutes ses soirées à la *Redoute*. Sans s'en douter, il suivait le meilleur moyen.

Cette froideur fit oublier le projet de retour à Paris : «Je ne cours aucun danger auprès de cet homme», se dit Mina, et huit jours ne s'étaient pas écoulés qu'elle sentit qu'elle lui pardonnait ce petit retour au caractère français. Alfred sentait, de son côté, à l'ennui que lui donnaient les grandes dames de la *Redoute* qu'il était plus amoureux qu'il ne l'avait cru. Cependant il tenait bon. À la vérité ses yeux s'arrêtaient avec plaisir sur Mina, il lui parlait, mais ne rentrait point chez lui le soir. Mina fut malheureuse; presque sans s'en douter, elle cessa de faire avec autant de soin tous les jours la toilette destinée à l'enlaidir. «Est-ce un songe? se disait Alfred, Aniken devient une des plus belles personnes que j'aie jamais vues.» Un soir qu'il était revenu chez lui par hasard, il fut entraîné par son amour, et demanda pardon à Aniken de l'avoir traitée avec légèreté.

– Je voyais, lui dit-il, que vous m'inspiriez un intérêt que je n'ai jamais éprouvé pour personne; j'ai eu peur, j'ai voulu me guérir ou me brouiller avec vous, et depuis je suis le plus malheureux des hommes.

– Ah! que vous me faites de bien, Alfred! s'écria Mina au comble du bonheur.

Ils passèrent cette soirée et les suivantes à s'avouer qu'ils s'aimaient à la folie et à se promettre d'être toujours sages.

Le caractère sage d'Alfred n'était guère susceptible d'illusions. Il savait que les amoureux découvrent de singulières perfections chez la personne qu'ils aiment. Les trésors d'esprit et de délicatesse qu'il découvrait chez Mina lui persuadaient qu'il était réellement amoureux. «Est-il possible que ce soit une simple illusion?» se disait-il chaque jour, et il comparait ce que Mina lui avait dit la veille à ce que lui disaient les femmes de la société qu'il trouvait à la *Redoute*. De son côté, Mina sentait qu'elle avait été sur le point de perdre Alfred. Que serait-elle devenue, s'il eût continué de passer ses soirées à la *Redoute*? Loin de chercher à jouer encore le rôle d'une jeune fille du commun, de sa vie elle n'avait tant songé à plaire. «Faut-il avouer à Alfred qui je suis? se disait Mina. Son esprit éminemment sage blâmera une folie même faite pour lui. D'ailleurs, continuait Mina, il faut que mon sort se décide ici. Si je lui nomme mademoiselle de Vanghel, dont la terre est à quelques lieues de la sienne, il aura la certitude de me retrouver à Paris. Il faut, au contraire, que la perspective de ne me revoir jamais le décide aux démarches étranges qui sont, hélas! nécessaires pour notre bonheur. Comment cet homme si sage se décidera-t-il à changer de religion, à se séparer de sa femme par le divorce, et à venir vivre comme mon mari dans mes belles terres de la Prusse orientale?» Ce grand mot *illégitime* ne venait pas se placer comme une barrière insurmontable devant les nouveaux projets de Mina; elle croyait ne pas s'écarter de la vertu, parce qu'elle n'eût pas hésité à sacrifier mille fois sa vie pour être utile à Alfred.

Peu à peu madame de Larçay devint décidément jalouse d'Aniken. Le singulier changement de la figure de cette fille ne lui avait point échappé; elle l'attribuait à une extrême coquetterie. Madame de Larçay eût pu obtenir son renvoi de haute lutte. Ses amies lui représentèrent qu'il ne fallait pas donner de l'importance à une fantaisie : il fallait éviter que M. de Larçay fît venir Aniken à Paris. «Soyez prudente, lui dit-on, et votre inquiétude finira avec la saison des eaux.»

Madame de Larçay fit observer madame Cramer et essaya de faire croire à son mari qu'Aniken n'était qu'une aventurière qui, poursuivie à Vienne ou à Berlin, pour quelque tour répréhensible aux yeux de la justice, était venue se cacher aux eaux d'Aix, et y attendait probablement l'arrivée de quelque chevalier d'industrie, son associé. Cette idée présentée comme une conjecture fort probable, mais peu importante à éclaircir, jeta du trouble dans l'âme si ferme d'Alfred. Il était évident pour lui qu'Aniken n'était pas une femme de chambre ; mais quel grave intérêt avait pu la porter au rôle pénible qu'elle jouait ? Ce ne pouvait être que la peur. – Mina devina facilement la cause du trouble qu'elle voyait dans le regard d'Alfred. Un soir, elle eut l'imprudence de l'interroger ; il avoua, Mina fut interdite. Alfred était si près de la vérité qu'elle eut d'abord beaucoup de peine à se défendre. La fausse madame Cramer, infidèle à son rôle, avait laissé deviner que l'intérêt d'argent avait peu d'importance à ses yeux. Dans son désespoir de l'effet qu'elle voyait les propos de madame Cramer produire sur l'âme d'Alfred, elle fut sur le point de lui dire qui elle était. Apparemment l'homme qui aimait Aniken jusqu'à la folie aimerait aussi mademoiselle de Vanghel ; mais Alfred serait sûr de la revoir à Paris, elle ne pourrait obtenir les sacrifices nécessaires à son amour !

Ce fut dans ces inquiétudes mortelles que Mina passa la journée. C'était la soirée qui devait être difficile à passer. Aurait-elle le courage, se trouvant seule avec Alfred, de résister à la tristesse qu'elle lisait dans ses yeux, de souffrir qu'un soupçon trop naturel vînt affaiblir ou même détruire son amour ? Le soir venu, Alfred conduisit sa femme à la *Redoute* et n'en revint pas. Il y avait ce jour-là bal masqué, grand bruit, grande foule. Les rues d'Aix étaient encombrées de voitures appartenant à des curieux venus de Chambéry et même de Genève. Tout cet éclat de la joie publique redoublait la sombre mélancolie de Mina. Elle ne put rester dans ce salon où, depuis plusieurs heures, elle attendait inutilement cet homme trop aimable qui ne venait pas. Elle alla se réfugier auprès de sa dame de compagnie. Là aussi elle trouva du malheur; cette femme lui demanda froidement la permission de la quitter, ajoutant que, quoique fort pauvre, elle ne pouvait se décider à jouer plus longtemps le rôle peu honorable dans lequel on l'avait placée. Loin d'avoir un caractère propre aux décisions prudentes, dans les situations extrêmes, Mina n'avait besoin que d'un mot pour se représenter sous un nouvel aspect toute une situation de la vie. «En effet, se dit-elle, frappée de l'observation de la dame de compagnie, mon déguisement n'en est plus un pour personne, j'ai perdu l'honneur. Sans doute je passe pour une aventurière. Puisque j'ai tout perdu pour Alfred, ajouta-t-elle bientôt, je suis folle de me priver du bonheur de le voir. Du moins au bal je pourrai le regarder à mon aise et étudier son âme.»

Elle demanda des masques, des dominos[1]; elle avait apporté de Paris des diamants qu'elle prit, soit pour se mieux déguiser aux yeux d'Alfred, soit pour se distinguer de la foule des masques et obtenir peut-être qu'il lui parlât. Mina parut à la *Redoute,* donnant le bras à sa dame de compagnie, et intriguant tout le monde par son silence. Enfin elle vit Alfred, qui lui sembla fort triste. Mina le suivait des yeux et était heureuse, lorsqu'une voix dit bien bas : «L'amour reconnaît le déguisement de mademoiselle de Vanghel.» Elle tressaillit. Elle se retourna : c'était le comte de Ruppert. Elle ne pouvait pas faire de rencontre plus fatale. «J'ai reconnu vos diamants montés à Berlin, lui dit-il. Je viens de Toeplitz, de Spa, de Baden; j'ai couru toutes les eaux de l'Europe pour vous trouver. – Si vous ajoutez un mot, lui dit Mina, je ne vous revois de la vie.

1. Dominos : costumes de bal masqué, robes à capuchon.

Demain à la nuit, à sept heures du soir, trouvez-vous vis-à-vis la maison n° 17, rue de Chambéry.»

«Comment empêcher M. de Ruppert de dire mon secret aux Larçay, qu'il connaît intimement?» Tel fut le grand problème, qui toute la nuit plongea Mina dans la plus pénible agitation. Plusieurs fois, dans son désespoir, elle fut sur le point de demander des chevaux et de partir sur-le-champ. «Mais Alfred croira toute sa vie que cette Aniken qu'il a tant aimée ne fut qu'une personne peu estimable fuyant sous un déguisement les conséquences de quelque mauvaise action. Bien plus, si je prends la fuite sans avertir M. de Ruppert, malgré son respect pour ma fortune, il est capable de divulguer mon secret. Mais en restant, comment éloigner les soupçons de M. de Ruppert? Par quelle fable?»

Au même bal masqué, où Mina fit une rencontre si fâcheuse, tous ces hommes du grand monde, sans esprit, qui vont aux eaux promener leur ennui entourèrent madame de Larçay comme à l'ordinaire. Ne sachant trop que lui dire ce soir-là, parce que les lieux communs qui conviennent à un salon ne sont plus de mise au bal masqué, ils lui parlèrent de la beauté de sa femme de chambre allemande. Il se trouva même parmi eux un sot plus hardi qui se permit quelques allusions peu délicates à la jalousie que l'on supposait à madame de Larçay. Un masque[1] tout à fait grossier l'engagea à se venger de son mari en prenant un amant; ce mot fit explosion dans la tête d'une femme fort sage et accoutumée à l'auréole de flatteries dont une haute position et une grande fortune entourent la vie.

Le lendemain du bal, il y eut une promenade sur le lac. Mina fut libre et put se rendre chez madame Cramer où elle

1. Masque : ici, personne déguisée.

reçut M. Ruppert. Il n'était pas encore remis de son étonnement.

– De grands malheurs qui ont changé ma position, lui dit Mina, m'ont portée à rendre justice à votre amour. Vous convient-il d'épouser une veuve ?

– Vous auriez été mariée secrètement ! dit le comte pâlissant.

– Comment ne l'avez-vous pas deviné, répondit Mina, lorsque vous m'avez vue vous refuser, vous et les plus grands partis de France ?

– Caractère singulier, mais admirable ! s'écria le comte, cherchant à faire oublier son étonnement.

– Je suis liée à un homme indigne de moi, reprit mademoiselle de Vanghel ; mais je suis protestante, et ma religion, que je serais heureuse de vous voir suivre, me permet le divorce. Ne croyez pas cependant que je puisse, dans ce moment, éprouver de l'amour pour personne, même quand il s'agirait de l'homme qui m'inspirerait le plus d'estime et de confiance : je ne puis vous offrir que de l'amitié. J'aime le séjour de la France ; comment l'oublier quand on l'a connue ? J'ai besoin d'un protecteur. Vous avez un grand nom, beaucoup d'esprit, tout ce qui donne une belle position dans le monde. Une grande fortune peut faire de votre hôtel la première maison de Paris. Voulez-vous m'obéir comme un enfant ? À ce prix, mais seulement à ce prix, je vous offre ma main dans un an.

Pendant ce long discours, le comte de Ruppert calculait les effets d'un roman désagréable à soutenir, mais toujours avec une grande fortune, et au fond avec une femme réellement bonne. Ce fut avec beaucoup de grâce qu'il jura obéissance à Mina. Il essaya de toutes les formes pour pénétrer plus avant dans ses secrets.

– Rien de plus inutile que vos efforts, lui répondait-on en riant. Aurez-vous le courage d'un lion et la docilité d'un enfant?

– Je suis votre esclave, répondit le comte.

– Je vis cachée dans les environs d'Aix, mais je sais tout ce qui s'y fait. Dans huit ou neuf jours, regardez le lac au moment où minuit sonnera à l'horloge de la paroisse : vous verrez un pot à feu voguer sur les ondes. Le lendemain, à neuf heures du soir, je serai ici et je vous permets d'y venir. Prononcez mon nom, dites un mot à qui que ce soit, et de votre vie vous ne me revoyez.

Après la promenade sur le lac, pendant laquelle, et plus d'une fois, il avait été question de la beauté d'Aniken, madame de Larçay rentra chez elle dans un état d'irritation tout à fait étranger à son caractère plein de dignité et de mesure. Elle débuta avec Mina par quelques mots fort durs, qui percèrent le cœur de Mina, car ils étaient prononcés en présence d'Alfred, qui ne la défendait pas. Elle répondit, pour la première fois, d'une façon fine et piquante. Madame de Larçay crut voir dans ce ton l'assurance d'une fille que l'amour qu'elle inspire porte à se méconnaître, sa colère ne connut plus de bornes. Elle accusa Mina de donner des rendez-vous à certaines personnes chez madame Cramer, qui, malgré le conte de la brouille apparente, n'était que trop d'accord avec elle.

«Ce monstre de Ruppert m'aurait-il déjà trahie?» se dit Mina.

Alfred la regardait fixement, comme pour découvrir la vérité. Le peu de délicatesse de ce regard lui donna le courage du désespoir : elle nia froidement la calomnie dont on la chargeait, et n'ajouta pas un mot. Madame de Larçay la chassa. À deux heures du matin qu'il était alors, Mina se fit accompagner chez madame Cramer par le fidèle Dubois.

Enfermée dans sa chambre, Mina versait des larmes de rage en songeant au peu de moyens de vengeance que lui laissait l'étrange position où elle s'était jetée. «Ah! ne vaudrait-il pas mieux, se dit-elle, tout abandonner et retourner à Paris? Ce que j'ai entrepris est au-dessus de mon esprit. Mais Alfred n'aura d'autre souvenir de moi que le mépris : toute sa vie Alfred me méprisera», ajouta-t-elle en fondant en larmes. Elle sentit qu'avec cette idée cruelle qui ne la quitterait plus, elle serait encore plus malheureuse à Paris qu'à Aix. «Madame de Larçay me calomnie; Dieu sait ce qu'on dit de moi à la *Redoute*! Ces propos de tout le monde me perdront dans l'âme d'Alfred. Comment s'y prendrait un Français pour ne pas penser comme *tout le monde*? Il a bien pu les entendre prononcer, moi présente, sans les contredire, sans m'adresser un mot pour me consoler! Mais quoi? est-ce que je l'aime encore? Les affreux mouvements qui me torturent ne sont-ils pas les derniers efforts de ce malheureux amour? Il est bas de ne pas se venger!» Telle fut la dernière pensée de Mina.

Dès qu'il fut jour, elle fit appeler M. de Ruppert. En attendant, elle se promenait agitée dans le jardin. Peu à peu un beau soleil d'été se leva et vint éclairer les riantes collines des environs du lac. Cette joie de la nature redoubla la rage de Mina. M. de Ruppert parut enfin. «C'est un fat, se dit Mina en le voyant approcher; il faut d'abord le laisser parler pendant une heure.»

Elle reçut M. de Ruppert dans le salon, et son œil morne comptait les minutes de la pendule. Le comte était ravi; pour la première fois cette petite étrangère l'écoutait avec l'attention due à son amabilité.

– Croyez-vous du moins à mes sentiments? disait-il à Mina comme l'aiguille arrivait sur la minute qui achevait l'heure de patience.

– Vengez-moi, je crois tout, dit-elle.

– Que faut-il faire ?

– Plaire à madame de Larçay, et faire que son mari sache bien qu'elle le trompe, qu'il ne puisse en douter. Alors il lui rendra le malheur dont les calomnies de cette femme empoisonnent ma vie.

– Votre petit projet est atroce, dit le comte.

– Dites qu'il est difficile à exécuter, répondit Mina avec le sourire de l'ironie.

– Pour difficile, non, reprit le comte piqué. – Je perdrai cette femme, ajouta-t-il d'un air léger. C'est dommage, c'était une bonne femme.

– Prenez garde, monsieur, que je ne vous oblige nullement à plaire réellement à madame de Larçay, dit Mina. Je désire seulement que son mari ne puisse douter que vous lui plaisez.

Le comte sortit ; Mina fut moins malheureuse. Se venger, c'est agir ; agir c'est espérer. « Si Alfred meurt, se dit-elle, *– romantique* je mourrai ! » Et elle sourit. Le bonheur qu'elle ressentit en ce moment la sépara pour toujours de la vertu. L'épreuve de cette nuit avait été trop forte pour son caractère ; elle n'était point préparée à se voir calomniée en présence d'Alfred et à le voir ajouter foi à la calomnie. Désormais elle pourra prononcer encore le mot de vertu, mais elle se fera illusion ; la vengeance et l'amour se sont emparés de tout son cœur.

Mina forma dans son esprit tout le projet de sa vengeance ; était-il exécutable ? Ce fut le seul doute qui se présenta à elle. Elle n'avait d'autre moyen d'action que le dévouement d'un sot et beaucoup d'argent.

M. de Larçay parut.

– Que venez-vous faire ici ? dit Mina avec hauteur.

– Je suis fort malheureux; je viens pleurer avec la meilleure amie que j'aie au monde.

– Quoi! votre première parole n'est point que vous ne croyez pas à la calomnie dirigée contre moi! Sortez.

– C'est répondre à de fausses imputations, reprit Alfred avec hauteur, que de vous dire comme je le fais que je ne conçois pas de bonheur pour moi loin de vous. Aniken, ne vous fâchez point, ajouta-t-il la larme à l'œil. Trouvez un moyen raisonnable pour nous réunir, et je suis prêt à tout faire. Disposez de moi, tirez-moi de l'abîme où le hasard m'a plongé; pour moi, je n'en vois aucun moyen.

– Votre présence ici rend vraies toutes les calomnies de madame de Larçay; laissez-moi, et que je ne vous voie plus.

Alfred s'éloigna avec plus de colère que de douleur. «Il ne trouve rien à me dire», se dit Mina; elle fut au désespoir; elle était presque obligée de mépriser l'homme qu'elle adorait.

Quoi! il ne trouvait aucun moyen de se rapprocher d'elle! Et c'était un homme, un militaire! Elle, jeune fille, avait trouvé, dès qu'elle l'avait aimé, un moyen et un moyen terrible, le déguisement qui la déshonorait à jamais, s'il était deviné!… Mais Alfred avait dit : *Disposez de moi, trouvez un moyen raisonnable…* Il fallait qu'il y eût encore un peu de remords dans l'âme de Mina, car ces mots la consolèrent : elle avait donc pouvoir pour agir. «Cependant, reprenait l'avocat du malheur, Alfred n'a point dit : Je ne crois pas à la calomnie. – En effet, se disait-elle, ma folie a beau s'exagérer la différence des manières entre l'Allemagne et la France, je n'ai point l'air d'une femme de chambre. En ce cas, pourquoi une fille de mon âge vient-elle déguisée dans une ville d'eaux? – Tel qu'il est… je ne puis plus être heureuse qu'avec lui. – «Trouvez un moyen de nous réunir, a-t-il dit ; je suis prêt à tout faire.» – Il est faible et me charge du soin de notre bonheur. – Je prends cette charge, se dit-elle en se levant et se promenant agitée dans le salon. Voyons d'abord si sa passion peut résister à l'absence, ou si c'est un homme à mépriser de tout point, un véritable enfant de l'ironie. Alors Mina de Vanghel parviendra à l'oublier.»

Une heure après, elle partit pour Chambéry, qui n'est qu'à quelques lieues d'Aix.

Alfred, sans croire beaucoup à la religion, trouvait qu'il était de mauvais ton de n'en pas avoir. En arrivant à Chambéry, madame Cramer engagea un jeune Genevois, qui étudiait pour être ministre protestant, à venir chaque soir, expliquer la Bible à elle et à Aniken que désormais, par amitié et pour la dédommager de sa colère passée, elle appelait sa nièce. Madame Cramer logeait dans la meilleure auberge et rien n'était plus facile à éclairer que sa conduite. Se croyant malade, elle avait fait appeler les premiers médecins de Chambéry, qu'elle payait fort bien. Mina les consulta par occasion sur une maladie de la peau, qui quelquefois lui enlevait ses belles couleurs pour lui donner le teint d'une *quarteronne*[1].

La dame de compagnie commença à être beaucoup moins scandalisée du nom de Cramer qu'on l'avait engagée à prendre et de toute la conduite de mademoiselle de Vanghel ; elle la croyait tout simplement folle. Mina avait loué les *Charmettes,* maison de campagne dans un vallon isolé à un quart d'heure de Chambéry, où J.-J. Rousseau raconte qu'il a passé les moments les plus heureux de sa vie. Les écrits de cet auteur faisaient sa seule consolation. Elle eut un jour un moment de bonheur délicieux. Au détour d'un

---

1. Quarteron, onne : fils, fille, d'un blanc et d'une mulâtresse – ou d'un mulâtre et d'une blanche.

sentier, dans le petit bois de châtaigniers, vis-à-vis la modeste maison des Charmettes, elle trouva Alfred. Elle ne l'avait pas vu depuis quinze jours. Il lui proposa avec une timidité qui enchanta Mina de quitter le service de madame Cramer et d'accepter de lui une petite inscription de rente. «Vous auriez une femme de chambre, au lieu de l'être vous-même, et jamais je ne vous verrais qu'en présence de cette femme de chambre[1].» Aniken refusa par des motifs de religion. Elle lui dit que maintenant madame Cramer était excellente pour elle, et lui semblait se repentir de la conduite qu'elle avait tenue en arrivant à Aix.

– Je me souviens fort bien, finit-elle par lui dire, des calomnies dont j'ai été l'objet de la part de madame de Larçay ; elles me font un devoir de vous prier instamment de ne plus revenir aux Charmettes.

Quelques jours plus tard, elle alla à Aix ; elle fut fort contente de M. de Ruppert. Madame de Larçay et ses nouvelles amies profitaient de la belle saison pour faire des excursions dans les environs. À une partie de plaisir que ces dames firent à Haute-Combe (abbaye située de l'autre côté du lac du Bourget, en face d'Aix, et qui est le Saint-Denis[2] des ducs de Savoie), M. de Ruppert, qui, d'après les instructions de Mina, n'avait pas cherché à être de la société de madame de Larçay, se fit remarquer errant dans les bois qui environnent Haute-Combe. Les amis de madame de Larçay s'occupèrent beaucoup de cet acte de timidité chez un homme connu par son audace. Il leur sembla clair qu'il avait

---

1. Cette femme de chambre : «Je pense à Mme de La Pommeraye, de *Jacques le Fataliste*» – remarque marginale de Stendhal ; dans le roman de Diderot (1713-1784), Mme de La Pommeraye incarne la femme trahie qui se venge avec cruauté des infidélités de son amant.
2. Saint-Denis : basilique du XIIe siècle où sont enterrés les Capétiens, rois de France ; on se rappelle que les rois d'Italie sont originaires de Savoie.

conçu pour elle une grande passion. Dubois apprit à Mina que son maître vivait dans la plus sombre mélancolie.

– Il regrette une aimable compagnie, et, ajouta Dubois, il a un autre sujet de chagrin. Qui l'eût dit d'un homme si sage? M. le comte de Ruppert lui donne de la jalousie!

Cette jalousie amusait M. de Ruppert.

– Voulez-vous me permettre, dit-il à mademoiselle de Vanghel, de faire intercepter par ce pauvre Larçay une lettre passionnée que j'écrirai à sa femme? Rien ne sera plaisant comme les dénégations de celle-ci, s'il se détermine à lui en parler.

– À la bonne heure, dit Mina; mais surtout, ajouta-t-elle d'un ton fort dur, songez à ne pas avoir d'affaire avec M. de Larçay; s'il meurt, jamais je ne vous épouse.

Elle se repentit bien vite du ton sévère avec lequel elle avait dit ce mot et s'appliqua à se le faire pardonner. Elle s'aperçut que M. de Ruppert n'avait pas senti la dureté du mot qui lui était échappé et son éloignement pour lui en fut augmenté. M. de Ruppert lui conta que peut-être madame de Larçay n'eût pas été tout à fait insensible à ses soins; mais pour s'amuser lui-même, tout en lui faisant la cour la plus assidue, il avait grand soin toutes les fois qu'il trouvait l'occasion de lui parler en particulier, de ne lui adresser que les mots les plus indifférents et les propos les plus décolorés.

Mina fut contente de cette manière d'agir. Il était dans ce caractère, qui, avec quelques apparences de la raison, en était l'antipode, de ne pas mépriser à demi. Elle consulta hardiment M. de Ruppert sur un placement considérable qu'elle voulait faire dans la rente de France, et lui fit lire les lettres de son homme d'affaires à Kœnigsberg et de son banquier à Paris. Elle remarqua que la vue de ces lettres éloignait un mot qu'elle ne voulait pas entendre prononcer : son intérêt pour M. de Larçay.

«Quelle différence! se disait-elle pendant que M. de Ruppert lui donnait de longs avis sur le placement d'argent. Et il y a des gens, ajoutait-elle, qui trouvent que le comte a plus d'esprit et d'amabilité qu'Alfred! Ô nation de gens grossiers! ô nation de vaudevillistes[1]! Oh! que la bonhomie grave de mes braves Allemands me plairait davantage, sans la triste nécessité de paraître à une cour et d'épouser l'aide de camp favori du roi!»

Dubois vint lui dire qu'Alfred avait surpris une lettre singulière adressée à madame de Larçay par le comte de Ruppert; Alfred l'avait montrée à sa femme, qui avait prétendu que cette lettre n'était qu'une mauvaise plaisanterie. À ce récit, Mina ne fut plus maîtresse de son inquiétude. M. de Ruppert pouvait jouer tous les rôles, excepté celui d'un homme trop patient. Elle lui proposa de venir passer huit jours à Chambéry; il marqua peu d'empressement.

– Je fais des démarches assez ridicules; j'écris une lettre qui peut faire anecdote contre moi; au moins ne faut-il pas que j'aie l'air de me cacher.

– Et justement, il faut que vous vous cachiez, reprit Mina avec hauteur. Voulez-vous me venger, oui ou non? Je ne veux pas que madame de Larçay me doive le bonheur d'être veuve.

– Vous aimeriez mieux, je parie, que son mari fût veuf!

– Et que vous importe? repartit Mina.

Elle eut une scène fort vive avec M. de Ruppert, qui la quitta furieux; mais il réfléchit apparemment sur le peu de probabilité qu'on inventât la calomnie qu'il redoutait. Sa

---

1. Vaudevilliste : auteur de vaudevilles, autrement dit de comédies légères.

vanité lui rappela que sa bravoure était connue. Il pouvait réparer par une seule démarche toutes les folies de sa jeunesse et conquérir en un moment une position superbe, dans la société de Paris; cela valait mieux qu'un duel.

La première personne que Mina revit aux Charmettes le lendemain de son retour d'Aix, ce fut M. de Ruppert. Sa présence la rendit heureuse; mais le soir même, elle fut vivement troublée : M. de Larçay vint la voir.

– Je ne chercherai ni excuse ni prétexte, lui dit-il avec simplicité. Je ne puis rester quinze jours sans vous voir, et hier il y a eu quinze jours que je ne vous ai vue.

Mina aussi avait compté les jours; jamais elle ne s'était sentie entraînée vers Alfred avec autant de charme; mais elle tremblait qu'il n'eût une affaire avec M. de Ruppert. Elle fit tout au monde pour obtenir de lui quelque confidence au sujet de la lettre interceptée. Elle le trouva préoccupé, mais il ne lui dit rien; elle ne put obtenir autre chose que ceci :

– J'éprouve un vif chagrin, lui dit-il enfin; il ne s'agit ni d'ambition ni d'argent, et l'effet le plus clair de ma triste position est de redoubler l'amitié passionnée que j'ai pour vous. Ce qui me désespère, c'est que le devoir n'a aucun empire sur mon cœur. Décidément je ne puis vivre sans vous.

– Moi, je ne vivrai jamais sans vous, lui dit-elle en prenant sa main qu'elle couvrit de baisers et l'empêchant de lui sauter au cou. Songez à ménager votre vie, car je ne vous survivrai pas d'une heure.

– Ah! vous savez tout! reprit Alfred, et il se fit violence pour ne pas continuer.

Le lendemain de son retour à Aix, une seconde lettre anonyme apprit à M. de Larçay que, pendant sa dernière course dans les montagnes (c'était le temps qu'il avait employé à aller à Chambéry), sa femme avait reçue chez elle M. de Ruppert. L'avis anonyme finissait ainsi : « Ce soir, vers le minuit, on doit recevoir M. de R... Je sens trop que je ne puis vous inspirer aucune confiance ; ainsi n'agissez point à la légère. Ne vous fâchez, si vous devez vous fâcher, qu'après avoir vu. Si je me trompe et si je vous trompe, vous en serez quitte pour une nuit passée dans quelque cachette auprès de la chambre de madame de Larçay. »

Alfred fut fort troublé par cette lettre. Un instant après, il reçut un mot d'Aniken. « Nous arrivons à Aix ; madame Cramer vient de se retirer dans sa chambre. Je suis libre ; venez. »

M. de Larçay pensa qu'avant de se mettre en embuscade dans le jardin de la maison, il avait le temps de passer dix minutes avec Aniken. Il arriva chez elle extrêmement troublé. Cette nuit, qui était déjà commencée, allait être aussi décisive pour Mina que pour lui ; mais elle était tranquille. À toutes les objections que lui faisait sa raison, elle avait la même réponse : la mort.

– Vous vous taisez, lui dit Mina, mais il est clair qu'il vous arrive quelque chose d'extraordinaire. Vous ne deviez pas me donner le chagrin de vous voir. Mais puisque vous avez tant fait que de venir, je ne veux pas vous quitter de toute la soirée.

Contre l'attente de Mina, Alfred y consentit sans peine. Dans les circonstances décisives, une âme forte répand autour d'elle une sorte de magnanimité qui est le bonheur.

– Je vais faire le sot métier de mari, lui dit enfin Alfred. Je vais me cacher dans mon jardin ; c'est, ce me semble, la façon la moins pénible de sortir du malheur où vient de me plonger une lettre anonyme. – Il la lui montra.

– Quel droit avez-vous, lui dit Mina, de déshonorer madame de Larçay ? N'êtes-vous pas en état de divorce évident ? Vous l'abandonnez et renoncez au droit de tenir son âme occupée : vous la laissez barbarement à l'ennui naturel à une femme de trente ans riche et sans le plus petit malheur : n'a-t-elle pas le droit d'avoir quelqu'un qui la désennuie ? Et c'est vous qui me dites que vous m'aimez, vous, plus criminel qu'elle, car avant elle vous avez outragé votre lien commun, et vous êtes fou ; c'est vous qui voulez la condamner à un éternel ennui !

Celle façon de penser était trop haute pour Alfred ; mais le ton de la voix de Mina lui donnait de la force. Il admirait le pouvoir qu'elle avait sur lui, il en était charmé.

– Tant que vous daignerez m'admettre auprès de vous, lui dit-il enfin, je ne connaîtrai pas cet ennui dont vous parlez.

À minuit, tout était tranquille depuis longtemps sur les bords du lac ; on eût distingué le pas d'un chat. Mina avait suivi Alfred derrière une de ces murailles de charmille encore en usage dans les jardins de Savoie. Tout à coup un homme sauta d'un mur dans le jardin. Alfred voulut courir à lui ; Mina le retint fortement.

– Qu'apprendrez-vous si vous le tuez ? lui dit-elle fort bas. Et si ce n'était qu'un voleur ou l'amant d'une autre femme que la vôtre, quel regret de l'avoir tué !

Alfred avait reconnu le comte ; il était transporté de colère. Mina eut beaucoup de peine à le retenir. Le comte prit une échelle cachée le long d'un mur, la dressa vivement contre une galerie en bois de huit ou dix pieds de haut qui régnait le long du premier étage de la maison. Une des fenêtres de la chambre de madame de Larçay donnait sur cette galerie. M. de Ruppert entra dans l'appartement par une fenêtre du salon. Alfred courut à une petite porte du rez-de-chaussée qui donnait sur le jardin; Mina le suivit. Elle retarda de quelques instants le moment où il put saisir un briquet et allumer une bougie. Elle parvint à lui ôter ses pistolets.

– Voulez-vous, lui dit-elle, réveiller par un coup de pistolet les baigneurs qui occupent les autres étages de cette maison? Ce serait une plaisante anecdote pour demain matin! Même dans l'instant d'une vengeance ridicule à mes yeux, ne vaut-il pas mieux qu'un public méchant et désœuvré n'apprenne l'offense qu'en même temps que la vengeance?

Alfred s'avança jusqu'à la porte de la chambre de sa femme; Mina le suivait toujours :

– Il serait plaisant, lui dit-elle, qu'en ma présence vous eussiez le courage de maltraiter votre femme!

Parvenu à la porte, Alfred l'ouvrit vivement. Il vit M. de Ruppert s'échapper en chemise de derrière le lit de madame de Larçay qui était au fond de la pièce. M. de Ruppert avait six pas d'avance, il eut le temps d'ouvrir la fenêtre et s'élança sur la galerie de bois, et de la galerie dans le jardin. M. de Larçay le suivit rapidement; mais, au moment où il arriva au mur à hauteur d'appui qui séparait le jardin du lac, la barque dans laquelle M. de Ruppert s'échappait était déjà à cinq ou six toises[1] du bord.

– À demain, monsieur de Ruppert! lui cria M. de Larçay. On ne répondit pas. M. de Larçay remonta rapidement chez sa femme. Il trouva Mina agitée qui se promenait dans le salon qui précédait la chambre à coucher. Elle l'arrêta comme il passait.

– Que prétendez-vous faire? lui dit-elle. Assassiner madame de Larçay? De quel droit? Je ne le souffrirai pas.

---

1. Toises : la toise est une mesure ancienne (environ 2 mètres).

Si vous ne me donnez pas votre poignard, j'élève la voix pour la prévenir de se sauver. Il est vrai que ma présence ici me compromet d'une manière atroce aux yeux de vos gens.`

Mina vit que ce mot faisait effet.

– Quoi! vous m'aimez et vous voulez me déshonorer! ajouta-t-elle vivement.

M. de Larçay lui jeta son poignard et entra furieux dans la chambre de sa femme. La scène fut vive. Madame de Larçay, parfaitement innocente, avait cru qu'il s'agissait d'un voleur; elle n'avait ni vu ni entendu M. de Ruppert.

– Vous êtes un fou, finit-elle par dire à son mari, et plût à Dieu que vous ne fussiez qu'un fou! Vous voulez apparemment une séparation; vous l'aurez. Ayez du moins la sagesse de ne rien dire. Demain je retourne à Paris; je dirai que vous voyagez en Italie, où je n'ai pas voulu vous suivre.

– À quelle heure comptez-vous vous battre demain matin? dit mademoiselle de Vanghel, quand elle revit Alfred.

– Que dites-vous? répondit M. de Larçay.

– Qu'il est inutile de feindre avec moi. Je désire qu'avant d'aller chercher M. de Ruppert, vous me donniez la main pour monter dans un bateau; je veux me promener sur le lac. Si vous êtes assez sot pour vous laisser tuer, l'eau du lac terminera mes malheurs.

– Eh bien, chère Aniken, rendez-moi heureux ce soir. Demain peut-être ce cœur qui, depuis que je vous connais, n'a battu que pour vous, cette main charmante que je presse contre mon sein, appartiendront à des cadavres éclairés par un cierge et gardés dans le coin d'une église par deux prêtres savoyards. Cette belle journée est le moment suprême de notre vie, qu'elle en soit le plus heureux!

Mina eut beaucoup de peine à résister aux transports d'Alfred.

– Je serai à vous, lui dit-elle enfin, mais si vous vivez. Dans ce moment-ci le sacrifice serait trop grand; j'aime mieux vous voir comme vous êtes.

Cette journée fut la plus belle de la vie de Mina. Probablement la perspective de la mort et la générosité du sacrifice qu'elle faisait anéantissaient les derniers mouvements de remords.

Le lendemain, longtemps avant le lever du soleil, Alfred vint lui donner la main, et la fit monter dans un joli bateau de promenade.

– Pourriez-vous rêver un bonheur plus grand que celui dont nous jouissons? disait-elle à Alfred en descendant vers le lac.

– De ce moment vous m'appartenez, vous êtes ma femme, dit Alfred, et je vous promets de vivre et de venir sur le rivage appeler le bateau là-bas, auprès de cette croix.

Six heures sonnèrent au moment où Mina allait lui dire qui elle était. Elle ne voulut pas s'éloigner de la côte, et les bateliers se mirent à pêcher, ce qui la délivra de leurs regards et lui fit plaisir. Comme huit heures sonnaient elle vit Alfred accourir au rivage. Il était fort pâle. Mina se fit descendre.

– Il est blessé, peut-être dangereusement, lui dit Alfred.

– Prenez ce bateau, mon ami, lui dit Mina. Cet accident vous met à la merci des autorités du pays; disparaissez pour deux jours. Allez à Lyon; je vous tiendrai au courant de ce qui arrivera.

Alfred hésitait.

– Songez aux propos des baigneurs.

Ce mot décida M. de Larçay; il s'embarqua.

Le jour suivant, M. de Ruppert fut hors de danger; mais il pouvait être retenu au lit un mois ou deux. Mina le vit dans la nuit, et fut pour lui parfaite de grâce et d'amitié.

– N'êtes-vous pas mon *promis*? lui dit-elle avec une fausseté pleine de naturel. Elle le détermina à accepter une délé-
gation très considérable sur son banquier de Francfort. Il
faut que je parte pour Lausanne, lui dit Mina. Avant notre
mariage, je veux vous voir racheter le magnifique hôtel de
votre famille que vos folies vous ont obligé de vendre. Pour
cela il faut aliéner une grande terre que je possède près de
Custrin. Dès que vous pourrez marcher, allez vendre cette
terre; je vous enverrai la procuration nécessaire de Lausanne. Consentez un rabais sur le prix de cette terre s'il le
faut, ou escomptez les lettres de change que vous obtien-
drez. Enfin, ayez de l'argent comptant à tout prix. Si je vous
épouse, il est convenable que vous paraissiez au contrat de
mariage aussi riche que moi.

Le comte n'eut pas le moindre soupçon que Mina le trai-
tait comme un agent subalterne, que l'on récompense avec
de l'argent.

À Lausanne, Mina avait le bonheur de recevoir par tous
les courriers des lettres d'Alfred. M. de Larçay commençait
à comprendre combien son duel simplifiait sa position à
l'égard de Mina et de sa femme. «Elle n'est pas coupable
envers nous, lui disait Mina; vous l'avez abandonnée le premier, et au milieu d'une foule d'hommes aimables,
peut-être s'est-elle trompée en choisissant M. de Ruppert;
mais le bonheur de madame de Larçay ne doit pas être dimi-
nué du côté de l'argent.» Alfred lui laissa une pension de
cinquante mille francs; c'était plus de la moitié de son
revenu. «De quoi aurai-je besoin? écrivait-il à Mina. Je
compte ne reparaître à Paris que dans quelques années,
quand cette ridicule aventure sera oubliée.»

– C'est ce que je ne veux pas, lui répondit Mina; vous
feriez événement à votre retour. Allez vous montrer pendant

quinze jours à l'opinion publique tandis qu'elle s'occupe de vous. Songez que votre femme n'a aucun tort.

Un mois après, M. de Larçay rejoignit Mina au charmant village de Belgirate, sur le lac Majeur, à quelques milles, des îles Borromées. Elle voyageait sous un faux nom; elle était si amoureuse qu'elle dit à Alfred : «Dites si vous le voulez à madame Cramer que vous êtes fiancé avec moi, que vous êtes mon *promis* comme nous disons en Allemagne. Je vous recevrai toujours avec bonheur, mais jamais hors de la présence de madame Cramer.»

M. de Larçay crut que quelque chose manquait à son bonheur; mais dans la vie d'aucun homme on ne saurait trouver une époque aussi heureuse que le mois de septembre qu'il passa avec Mina sur le lac Majeur. Mina l'avait trouvé si sage, que peu à peu elle avait perdu l'habitude d'emmener madame Cramer dans leurs promenades.

Un jour, en voguant sur le lac, Alfred lui disait en riant : «Qui êtes-vous donc, enchanteresse? pour femme de chambre, ou même mieux, de madame Cramer, il n'y a pas moyen que je croie cela.»

– Eh bien! voyons, répondit Mina, que voulez-vous que je sois? Une actrice qui a gagné un gros lot à la loterie, et qui a voulu passer quelques années de jeunesse dans un monde de féerie, ou peut-être une demoiselle entretenue qui, après la mort de son amant, a voulu changer de caractère?

– Vous seriez cela, et pire encore, que si demain j'apprenais la mort de madame de Larçay, après-demain je vous demanderais en mariage.

Mina lui sauta au cou. «Je suis Mina de Vanghel, que vous avez vue chez madame de Cély, Comment ne m'avez-vous pas reconnue? Ah! c'est que l'amour est aveugle», ajouta-t-elle en riant.

Quelque bonheur que goûtât Alfred à pouvoir estimer Mina, celui de Mina fut plus intime encore. Il manquait à son bonheur de pouvoir ne rien cacher à son ami. Dès qu'on aime, celui qui trompe est malheureux.

Cependant mademoiselle de Vanghel eût bien fait de ne pas dire son nom à M. de Larçay. Au bout de quelques mois, Mina remarqua un fond de mélancolie chez Alfred. Ils étaient venus passer l'hiver à Naples avec un passeport qui les nommait mari et femme. Mina ne lui déguisait aucune de ses pensées; le génie de Mina faisait peur au sien. Elle se figura qu'il regrettait Paris; elle le conjura à genoux d'y aller passer un mois. Il jura qu'il ne le désirait pas. Sa mélancolie continuait. «Je mets à un grand hasard le bonheur de ma vie, lui dit un jour Mina; mais la mélancolie où je vous vois est plus forte que mes résolutions.» – Alfred ne comprenait pas trop ce qu'elle voulait dire, mais rien n'égala son ivresse quand, après midi, Mina lui dit : «Menez-moi à Torre del Greco[1].»

Elle crut avoir deviné la cause du fond de tristesse qu'elle avait remarqué chez Alfred, depuis qu'elle était toute à lui, car il était parfaitement heureux. Folle de bonheur et d'amour, Mina oublia toutes ses idées. «La mort et mille morts arriveraient demain, se disait-elle, que ce n'est pas trop pour acheter ce qui m'arrive depuis le jour où Alfred s'est battu.» Elle trouvait un bonheur délicieux à faire tout ce que désirait Alfred. Exaltée par ce bonheur, elle n'eut pas la prudence de jeter un voile sur les fortes pensées qui faisaient l'essence de son caractère. Sa manière de chercher le bonheur, non seulement devait paraître singulière à une âme vulgaire, mais encore la choquer. Elle avait eu soin

---

1. Torre del Greco : petite ville située sur le golfe de Naples au pied du Vésuve.

jusque-là de ménager dans M. de Larçay ce qu'elle appelait les préjugés français; elle avait besoin de s'expliquer par la différence de nation ce qu'elle était obligée de ne pas admirer en lui : ici Mina sentit le désavantage de l'éducation forte que lui avait donnée son père; cette éducation pouvait facilement la rendre odieuse.

Dans son ravissement, elle avait l'imprudence de penser tout haut avec Alfred. Heureux qui, arrivé à cette période de l'amour, *fait pitié* à ce qu'il aime et non pas envie ! Elle était tellement folle, son amant était tellement à ses yeux le type de tout ce qu'il y avait de noble, de beau, d'aimable et d'adorable au monde, que, quand elle l'aurait voulu, elle n'aurait pas eu le courage de lui dérober aucune de ses pensées. Lui cacher la funeste intrigue qui avait amené les événements de la nuit d'Aix était déjà depuis longtemps pour elle un effort presque au-dessus de ses facultés.

Du moment où l'ivresse des sens ôta à Mina la force de n'être pas d'une franchise complète envers M. de Larçay, ses rares qualités se tournèrent contre elle. Mina le plaisantait sur ce fond de tristesse qu'elle observait chez lui. L'amour qu'il lui inspirait se porta bientôt au dernier degré de folie. «Que je suis folle de m'inquiéter ! se dit-elle enfin. C'est que j'aime plus que lui. Folle que je suis, de me tourmenter d'une chose qui se rencontre toujours dans le plus vif des bonheurs qu'il y ait sur la terre ! J'ai d'ailleurs le malheur d'avoir le caractère plus inquiet que lui, et enfin, Dieu est juste, ajouta-t-elle en soupirant (car le remords venait souvent troubler son bonheur depuis qu'il était extrême), j'ai une grande faute à me reprocher : la nuit d'Aix pèse sur ma vie.»

Mina s'accoutuma à l'idée qu'Alfred était destiné par sa nature à aimer moins passionnément qu'elle. «Fût-il moins tendre encore, se disait-elle, mon sort est de l'adorer. Je suis bien heureuse qu'il n'ait pas de vices infâmes. Je sens trop que les crimes ne me coûteraient rien, s'il voulait m'y entraîner.»

Un jour, quelle que fût l'illusion de Mina, elle fut frappée de la sombre inquiétude qui rongeait Alfred. Depuis longtemps, il avait adopté l'idée de laisser à madame de Larçay le revenu de tous ses biens, de se faire protestant et d'épouser Mina. Ce jour-là, le prince de S... donnait une fête qui mettait tout Naples en mouvement, et à laquelle naturellement ils n'étaient pas invités; Mina se figura que son amant regrettait les jouissances et l'éclat d'une grande fortune. Elle le pressa vivement de partir au premier jour pour Kœnigsberg. Alfred baissait les yeux et ne répondait pas. Enfin il les leva vivement, et son regard exprimait le soupçon le plus pénible, mais non l'amour. Mina fut atterrée.

– Dites-moi une chose, Mina. La nuit où je surpris M. de Ruppert chez ma femme, aviez-vous connaissance des projets du comte? En un mot, étiez-vous d'accord avec lui?

– Oui! répondit Mina avec fermeté. Madame de Larçay n'a jamais songé au comte; j'ai cru que vous m'apparteniez parce que je vous aimais. Les deux lettres anonymes sont de moi.

– Ce trait est infâme, reprit Alfred froidement. L'illusion cesse, je vais rejoindre ma femme. Je vous plains et ne vous aime plus.

Il y avait de l'amour-propre piqué dans le ton de sa voix. Il sortit.

«Voilà à quoi les grandes âmes sont exposées, mais elles ont leur ressource», se dit Mina en se mettant à la fenêtre et suivant des yeux son amant jusqu'au bout de la rue. Quand il eut disparu, elle alla dans la chambre d'Alfred et se tua d'un coup de pistolet dans le cœur. Sa vie fut-elle un faux calcul? Son bonheur avait duré huit mois. C'était une âme trop ardente pour se contenter du réel de la vie.

Arrêt
sur
lecture 2

Stendhal entame la rédaction de *Mina de Vanghel* à la fin décembre 1829, époque où il achève *Le Rouge et le Noir* et *Vanina Vanini*. On retrouve dans ce récit un personnage de femme forte, prête à tout sacrifier à sa passion; mais le héros masculin perd toute consistance et se trouve réduit à l'état de pure utilité. L'auteur achève la nouvelle, mais elle ne paraîtra jamais de son vivant, peut-être parce qu'il voulait lui donner plus d'ampleur; roman inachevé, *Le Rose et le Vert* reprend les mêmes personnages et la même trame. Mais une fois encore, le projet avorte.

Mina de Vanghel : une philosophe amoureuse ?

Peut-on faire le bonheur des hommes malgré eux ?

L'ouverture de la nouvelle place le récit dans un cadre fataliste; elle se situe sur un plan politique et général pour suggérer que nul ne saurait imposer à autrui sa propre conception du monde. Le point de vue narratif se centre sur le retour chez soi et sur soi du général prussien, le comte de Vanghel, censé avoir participé à la campagne de France et connu des incertitudes sur le droit des peuples à se déterminer par eux-mêmes. À cette date, la coalition menée contre la France et contre Napoléon Ier regroupait les Autrichiens, les Allemands, les Anglais. Les Français avaient fait la révolution et leur exemple pouvait inspirer les autres peuples d'Europe, ce que les grandes puissances ne pouvaient laisser faire. Le père de Mina se demande pourquoi il fait la guerre et, par là, contribue à restaurer la dynastie des Bourbons sur le trône de France. Stendhal pose clairement la question (p. 73) :

> [...] un peuple a-t-il le droit de changer la *manière intime et rationnelle suivant laquelle un autre peuple veut régler son existence matérielle et morale* ?

Demeurée implicite, la réponse à cette interrogation rhétorique ne peut être que négative : le récit en explicite la teneur, en développe les conséquences, non sur le plan politique mais sentimental. Le comte de Vanghel abandonne l'armée pour la philosophie : il rentre chez lui, à Königsberg (que Stendhal orthographie Kœnigsberg) où habita, jusqu'à sa mort en 1804, le grand philosophe allemand Emmanuel Kant. Par cette allusion, Stendhal le renvoie à la spéculation pure.

La digne fille d'un père philosophe

Par la mise en place du cadre spatio-temporel de l'intrigue et l'approche très rapide de la psychologie du comte, l'incipit laisse entendre que M. de Vanghel élève sa fille en fonction de ses propres valeurs. L'éducation de Mina influe sur son évolution ultérieure. Mais s'agit-il vraiment d'une éducation de philosophe ? La nature de ses lectures nous permet d'en douter : elle lit ces romans pour jeune fille qui encouragent à la rêverie. L'éducation de Mina s'avère conforme à la représentation que Stendhal se fait de la culture allemande, pétrie de religiosité et de morale scrupuleuse.

À sa mort, son père lui lègue une grande fortune ; cette double détermination orientera son existence. Mina se conduit en digne fille de son père. Elle entretient son souvenir : à Paris, son goût de l'anonymat s'exprime par son désir de se fondre dans la masse pour échapper aux espions ; mais elle recrée un univers selon son cœur en s'établissant dans une maison autrefois habitée par son père ; elle noue avec lui un lien imaginaire en identifiant son moi et son lieu d'habitation. Le rapport au père est nettement privilégié sur la relation à la mère, femme de peu d'esprit, qui meurt au moment où sa fille aurait le plus besoin de son appui. Gardons-nous de penser que Stendhal idéalise l'Allemagne et ses habitants. Dans notre nouvelle, l'évocation de l'Allemagne se trouve au croisement de deux représentations : la simplicité des Allemands et le despotisme politique – qui impose un mariage forcé à une jeune Allemande aussi riche que Mina pour s'assurer de sa fortune et de son obéissance. Le malheur de Mina vient de ce qu'elle se révèle étrangère à sa catégorie sociale : éprise d'absolu, elle ne peut se conformer au modèle dominant. Elle revendique son indépendance et, anticonformiste, comme toutes les héroïnes de Stendhal, elle ne supporte pas que le prince souverain lui impose un mari.

À cette époque, en France (et jusqu'au début, au moins, du XXe siècle), les mariages, dans la bonne société, se concluent par intérêt plutôt que par attirance ou sentiment. On se marie par raison et non par amour, comme le conseillait Stendhal lui-même à sa sœur Pauline (*Correspondance*, 20 juin 1804) :

« Il ne faut pas, pour ton bonheur, que tu épouses un homme dont tu serais amoureuse ; en voici la raison : tout amour finit, quelque violent qu'il ait été, et le plus violent plus promptement que les autres. **»**

Néanmoins, Mina obtient la faveur de pouvoir quitter le pays, mais elle passe d'une aliénation à une autre. En effet, elle veut trouver des raisons d'exister dans l'amour. Malheureusement, Mina tombe amoureuse d'un Français et, depuis le premier Empire, selon Stendhal, le peuple français est sans courage pour vivre les passions.

Le romancier et l'amoureux : deux créateurs de beauté

Qu'est-ce que l'amour ? une illusion romanesque
Au XIXe siècle, les « physiologies » sont à la mode ; dans *De l'amour*, Stendhal explique comment on tombe amoureux : pour lui, tout

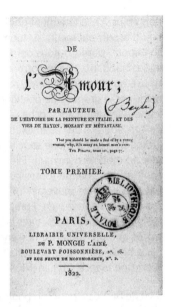

DE

L'Amour; (J Beyle)

PAR L'AUTEUR

DE L'HISTOIRE DE LA PEINTURE EN ITALIE, ET DES
VIES DE HAYDN, MOZART ET MÉTASTASE.

That you should be made a fool of by a young
woman, why, it is many an honest man's case.
THE PIRATE, tome 1er, page 57.

TOME PREMIER.

PARIS,

LIBRAIRIE UNIVERSELLE,
DE P. MONGIE L'AÎNÉ,
BOULEVART POISSONNIÈRE, n°. 18.
ET RUE NEUVE DE MONTMORENCY, N°. 3.

1822.

Première page du traité
qu'écrivit Stendhal sur
un sujet qui occupe une
place importante dans
son œuvre : *De l'amour*.

comme le romancier forge ses fictions, l'amoureux invente une image illusoire de la personne qu'il aime. Il «fait des romans» : l'expression populaire dénonce l'affabulation de la passion. L'amoureux imagine l'objet aimé en fonction de sa propre personnalité, de sa culture ainsi que de la mode du moment. Si les hommes éprouvent les mêmes sentiments, si l'amour relève d'un universel biologique, ils vivent leurs passions en fonction de leur culture. En mettant en récit le processus psychologique de la cristallisation amoureuse, Stendhal dénonce l'insuffisance d'une société qui, faute de valeurs, incite à vivre dans un monde d'illusions.

Un coup de foudre unilatéral

Mina de Vanghel reprend et renouvelle le schéma triangulaire formé par le mari, la femme et l'amant; l'héroïne, une amante étrangère, rompt le couple officiel, mais pour un moment seulement. Comment se déroule la première rencontre de la jeune héroïne avec Alfred ? Elle est précédée par la bonne réputation, largement usurpée d'ailleurs, de sa femme. On peut donc penser que Mina s'intéresse à lui à cause de son épouse. Quelles qualités lui trouve-t-elle ? M. de Larçay est à la fois un homme simple et un ancien de la retraite de Russie ; il l'entretient de son action en faveur du mouvement grec de libération nationale : l'allusion est double, à la Grèce, patrie de la démocratie antique, mais aussi à lord Byron, représentant d'un romantisme agissant en faveur de la libération des peuples. Ainsi la figure d'Alfred se situe au croisement de deux fantasmes typiquement stendhaliens : l'héroïsme dans le dépassement de soi, la rencontre de ses limites, d'une part ; l'idéal démocratique, d'autre part.

Ainsi s'opère le coup de foudre unilatéral qui inspire à Mina, séduite par son exact contraire, une passion fatale. Ajoutons que son autorité froide tend à vieillir M. de Larçay. On peut, légitimement, se demander si le souvenir du comte de Vanghel ne contribue pas à fixer l'intérêt de sa fille sur un homme qui a participé aux guerres napoléoniennes et qui lui fait « l'effet d'un ami intime qu'elle reverrait après en avoir été longtemps séparée » (p. 82). Ensuite, le travail du fantasme s'opère seul, durant une période de rêverie qui aboutit très vite à la prise de conscience et à l'aveu à soi-même, assorti de remords :

> J'aime d'amour, et j'aime un homme marié ! (p. 83)

Elle prête à l'homme aimé des qualités imaginaires, et le principe de cette fiction sentimentale, ou, mieux, de cette cristallisation amoureuse, n'est autre que l'imaginaire romantique (voir *Racine et Shakespeare*, 1823-1825). Le narrateur, lui, prend du recul vis-à-vis des mécanismes de cette projection. Lucide et critique, il juge la psychologie de la jeune Allemande (p. 77) :

> La raison, il est vrai, ne fut jamais le trait marquant de son caractère.

Avant d'ironiser (p. 79) :

> Encore esclave des préjugés allemands, tous les grands monuments qu'enferme Paris, cette *nouvelle Babylone*, lui semblaient avoir quelque chose de *sec*, d'*ironique* et de *méchant*.

Ou de prononcer des sentences morales (p. 77) :

> En Allemagne, on croit encore que les jeunes gens de Paris s'occu-
> pent des femmes.

Paris, la comédie humaine selon Stendhal

La scène parisienne

Comment aime-t-on en France ? Qu'est-ce qui différencie les Allemands des Français ? La jeune Allemande « conserva le naturel et la liberté des façons allemandes » (p. 81). À l'inverse, les Français se révèlent incapables d'émotions pures : ils se situent toujours dans le deuxième degré, se moquant de l'amour. « Est-ce que jamais leur émotion s'ignore elle-même ? » (p. 79). Dans *Mina de Vanghel*, Stendhal donne de Paris une représentation révélatrice de sa propre opinion sur la capitale. Pour lui, Paris représente l'espace du divertissement au sens fort du terme : les êtres y évoluent comme sur un grand théâtre. Ils s'étourdissent pour ne pas penser à leur identité personnelle, car ils n'ont de profond que leur vide. À partir du point de vue extérieur de Mina, Stendhal dénonce le narcissisme croissant de la société française, foncièrement individualiste. Les jeunes Français ne s'intéressent plus aux femmes, mais à eux-mêmes et à leurs possibilités de promotion. Pour Stendhal, la France est peuplée de conformistes qui se fient aux apparences mais, dans *Mina de Vanghel*, l'amour véritable inspire, lui aussi, une supercherie.

Alfred est un Français et un homme marié. Allemande idéaliste, extrémiste du sentiment, Mina cherche, en vain, à réveiller son énergie passionnelle : rebelle à sa conception héroïque du moi et du bonheur, Alfred lui préfère la banalité routinière du couple à la française. Mina voudra le forcer à s'élever au-dessus de lui-même. Son échec acquiert une valeur symbolique : on ne change personne et on ne peut que rêver d'un bonheur à jamais idéal ; on l'espère sans jamais l'atteindre ici-bas. Jean-Jacques Rousseau, auteur du XVIIIe siècle apprécié de Stendhal, peuplait son roman épistolaire *La Nouvelle Héloïse* d'êtres selon son cœur et finissait par conclure qu'il n'y a de beau que ce qui n'existe pas. En 1799, notre auteur plaçait au deuxième rang de ses admirations littéraires ce roman de Rousseau.

Le théâtre romantique d'une passion à l'allemande

L'intertextualité – Mina subit les effets d'une cristallisation romantique de la passion. La localisation spatio-temporelle nous éclaire à ce sujet : après la fuite d'Allemagne, sous le prétexte de prendre les eaux, Mina rencontre Alfred à Pierrefonds, dans une campagne où la nature et les ruines gothiques contribuent à créer une atmosphère nostalgique, une image d'authenticité dont Stendhal suggère, indirectement, le caractère conventionnel, sinon frelaté. L'installation en Savoie, dans une maison près du lac, et, qui plus est, le choix des Charmettes, révèlent la référence à Rousseau, grand préromantique français qui fréquenta ces lieux. Le cadre influe puissamment sur la mise en scène de la passion à l'allemande, favorise la cristallisation et contribue à en dénoncer le caractère mimétique : l'amour relève de l'universel biologique, mais il se vit de façons différentes selon sa culture. Au souvenir de Rousseau s'ajoute celui de Goethe (1749-1832) dont le roman intitulé *Les Souffrances du jeune Werther* (1774) raconte un amour platonique et désespéré qui fit fureur en France. L'action de *Mina de Vanghel* se noue en Savoie, à Aix-les-Bains, encore un lieu où l'on prend les eaux ; dans la nouvelle, le thème du liquide est lié à la rêverie nostalgique sur le destin à venir, à l'évocation des ancêtres. Ainsi, Mina recherche le bonheur et fait de l'amour sa nouvelle Terre sainte (voir p. 88). Elle puise son énergie dans la musique de Mozart et le souvenir de ses aïeux. Tout d'abord, Mina ne semble chercher qu'à vivre aux côtés d'Alfred. Son changement d'identité, son déguisement en quarteronne lui permettent de le faire.

Le « nerf de la guerre » – Mais, en réalité, le moteur de l'action, c'est bien l'argent que Mina donne à Mme Toinod, pour qu'elle la recommande à Mme de Larçay, puis à Dubois, afin qu'il favorise son entreprise auprès de M. de Larçay, à M. de Ruppert enfin à qui Mina promet aussi sa main de manière à mieux séduire Alfred.

De l'ennui à l'envie de vivre : le sentiment d'un manque

Avant de jouer la comédie, Mina se rend intéressante à M. de Larçay en lui inspirant le sentiment d'un manque : quand elle n'est pas là, il n'éprouve plus le désir d'herboriser (comme le faisait Rousseau). Le motif de l'ennui, récurrent chez Stendhal, trahit l'impuissance à vivre dans une société privée d'âme. Pour lui, il existe deux sortes d'ennui : les êtres d'élite ne parviennent jamais à combler leur aspiration à l'absolu ; livrés à la solitude, confrontés au vide du fini, ils souffrent d'ennui existentiel. À l'inverse, les médiocres se désennuient en se livrant aux plaisirs superficiels de la vanité ; ils se divertissent en s'adonnant à des activités de substitution ; de nos jours, notre société de consommation incite à pallier son ennui par l'achat compulsif de biens à la mode. Le couple des Larcay fonctionne de cette façon : ils évoluent dans une société superficielle et trouvent des distractions dans les activités conformistes, le bal, les bains, etc. C'est en jouant sur le masque, sur l'illusion, que Mina parvient à éveiller l'intérêt d'Alfred ; elle le manipule d'autant mieux qu'elle le sait assez léger pour se satisfaire d'apparences.

Un jeu marivaudien pour déjouer la comédie de l'existence ?

Le stratagème de l'amour-propre blessé – Quel est l'élément déclencheur de la comédie que, en véritable metteur en scène, Mina invente pour séparer le couple et parvenir à ses fins ? La jalousie de Mme de Larçay inspire à l'épouse offensée un comportement blessant et des commentaires désobligeants. Renversant les rôles, Mina s'estime victime, alors qu'elle séduit le mari de sa « maîtresse ». Elle considère qu'il est de son devoir de se venger des calomnies de Mme de Larçay, qui la présente comme une aventurière. Dès lors, elle poursuit un double projet : aimer et se venger. Mina réagit en jeune Allemande : elle ne supporte pas l'idée d'être méprisée par Alfred. Le thème du « mépris » revient de manière récurrente chez Stendhal, qui eut à souffrir de la morgue de puissants incapables. De manière générale, il envisage la société comme une échelle, une hiérarchie de mépris. Mina ne veut pas être confondue avec les autres aventurières, avec toutes les autres femmes; la passion exige l'élection. Les propos de Mme de Larçay lui infligent une blessure narcissique qui atteint l'amour-propre et exige la vengeance. De fait, le lecteur se demande aussi comment le ménage à trois défini par Mina aurait pu perdurer plus longtemps sans susciter de jalousie chez l'une ou l'autre femme.

La supercherie – Mina trouve le moyen d'exprimer son amour en retrouvant M. de Ruppert dans le lieu du paraître, au bal masqué de la Redoute, où elle se rend par dépit. Ainsi aidée par le hasard, la jeune Allemande se montre très habile dans l'art de la manipulation psychologique. Elle connaît les motivations de Ruppert et sait l'utiliser en lui laissant entendre qu'elle lui donnera de l'argent, voire toute sa fortune. Il devient l'allié objectif de ses projets puisqu'il contribue à mettre en œuvre la machination lancée contre le couple et manipule les apparences à la faveur d'une scène de vaudeville.

Au cours d'un véritable mimodrame, M. de Ruppert joue le rôle de l'amant surpris, un emploi de comédie. Alfred se laisse totalement abuser et réagit comme un Français vexé dans son honneur conjugal : il ne veut pas interpréter le mauvais rôle. Être faible et manipulable, Alfred se montre assez sot pour croire ce qu'on veut lui faire croire, ou ce qu'il veut croire. En outre, Mina sait lui parler son langage, tout de vanité et de narcissisme. Elle prend un ascendant certain sur lui et le dissuade de s'expliquer avec sa femme. En bonne psychologue, elle joue sur les poncifs à la mode pour lui remontrer qu'il serait mal venu de reprocher à sa femme de chercher à distraire son ennui. Néanmoins, il semble très peu vraisemblable qu'un mari amoureux de son épouse ne cherche pas à s'expliquer avec elle.

À la faveur d'une ellipse narrative signifiante, la narration escamote l'épisode très stéréotypé du duel : Alfred se « bat » pour sacrifier, de manière expéditive, au très conventionnel « point d'honneur ». À travers lui, Stendhal évoque l'amour à la française : Alfred ne communique pas avec sa femme et éprouve pour elle des sentiments très tièdes. Mais il n'aime pas non plus Mina avec une grande intensité; il n'aime personne d'autre que lui-même, et sa propre tranquillité.

La volonté forcenée, héroïque, de vivre sa passion

Ainsi, au cœur même de la passion, se nicheraient la manipulation et l'illusion. Mina veut, à toutes forces, vivre sa passion, selon ses illusions. À diverses reprises, elle éprouve la tentation du retour, à Paris (p. 92 et 100). Tant que Mina reste maîtresse de l'illusion, elle parvient à réaliser ses désirs ; quand elle ne croit plus nécessaire de manipuler Alfred, elle court à sa perte. Tel est le drame de la passion qu'il faut tromper pour la faire naître, mais qui ne survit pas au désabusement. La supercherie réussie, Mina s'adonne totalement à ses sentiments. Les amants vivent un mois idyllique, en septembre, à Belgirate, sur les bords du lac Majeur. C'est alors qu'elle révèle son identité. Quelques mois plus tard, à Naples, réapparaît le motif de la folie stendhalienne : celle de Mina tient au fait qu'elle s'enferme dans l'illusion d'un amour partagé, qu'elle ne veut plus faire de distinction entre elle et l'autre, qu'elle cherche à établir une relation d'absolue identification, de symbiose idéale. Elle ne cherche plus à s'expliquer la psychologie d'Alfred ; il s'ennuie parce qu'il ne peut pas vivre l'illusion de Mina. L'autre demeure radicalement autre.

En outre, Stendhal laisse entendre que la jeune femme se laisse griser par la découverte des sens : elle perd la maîtrise rationnelle de la situation. Sa folie consiste à ne songer qu'à sa conception de l'amour et à cultiver l'illusion qu'il supprimerait les différences entre les êtres ; or, la passion se vit différemment selon sa culture, son histoire, etc. Alfred semble prêt à quitter sa femme. Qu'est-ce qui l'empêche de le faire ? son amour-propre. Il ne supporte pas l'ascendant que Mina reconnaît avoir pris sur lui : « j'ai cru que vous m'apparteniez parce que je vous aimais ». En réalité, Alfred se préfère à tout et à tout le monde. Son départ démasque la vraie nature de leurs relations.

La désillusion et ses conséquences

Le dénouement revêt une allure déceptive, à la mesure de la désillusion ressentie par l'héroïne. Le jeu du leurre trouve une version tragique pour Mina car la jeunesse ne supporte pas les compromis. Une fois que l'illusion est démasquée, elle refuse de vivre une existence qui ne serait pas modelée sur sa conception des choses. Sans doute se suicide-t-elle trop tôt car, femme forte, aurait-elle pu se suffire d'un être aussi nul que Larcay ? En fait, elle aime un homme qui n'existe pas. Le retour au réel s'avère donc impossible : le couple se défait et la jeune femme meurt. Sa déception résulte de l'impuissance à dominer les êtres et les choses : « Sa vie fut-elle un faux calcul ? » demande le narrateur et l'emploi du mot « calcul » introduit une ambiguïté qui souligne bien l'idée que Mina n'est pas une victime passive du destin – même si, dans l'esprit de son auteur, la société de son temps n'est pas à la mesure des êtres d'élite.

à vous...

1 – Vocabulaire. Cherchez dans un dictionnaire la définition des mots « amour » et « passion ». Quelle différence faites-vous entre les deux ? Selon vous, Mina éprouve-t-elle de l'amour ou de la passion pour Alfred ? Et lui, que ressent-il pour elle ?

2 – Qu'est-ce que la séduction ? Relevez, dans le texte de Stendhal, les éléments prouvant que Mina possède la « vraie » séduction. À votre tour, dites ce qui, selon vous, confère un pouvoir de séduction. Trouvez des exemples dans l'actualité des médias.

3 – La représentation romanesque de la passion amoureuse. Comparez la version stendhalienne de la passion amoureuse à celle de Balzac dans *Eugénie Grandet* et à celle de Villiers de l'Isle-Adam dans *Les Diaboliques*.

Les Cenci

1599

Le don Juan de Molière[1] est galant sans doute, mais avant tout il est homme de bonne compagnie ; avant de se livrer au penchant irrésistible qui l'entraîne vers les jolies femmes, il tient à se conformer à un certain modèle idéal, il veut être l'homme qui serait souverainement admiré à la cour d'un jeune roi galant et spirituel.

Le don Juan de Mozart[2] est déjà plus près de la nature, et moins français, il pense moins à *l'opinion des autres* ; il ne songe pas, avant tout, à *parestre*, comme dit le baron de Fœneste, de d'Aubigné[3]. Nous n'avons que deux portraits du don Juan d'Italie, tel qu'il dut se montrer, en ce beau pays, au seizième siècle, au début de la civilisation renaissante.

De ces deux portraits, il en est un que je ne puis absolument faire connaître, le siècle est trop *collet monté*[4] ; il faut

1. Molière : Jean-Baptiste Poquelin, dit Molière (1622-1673), dramaturge fort apprécié de Stendhal.
2. Mozart : Wolfgang Amadeus (1756-1791), compositeur autrichien. «Je n'ai aimé avec passion en ma vie que : Cimarosa, Mozart et Shakespeare. À Milan, en 1820, j'avais envie de mettre cela sur ma tombe. Je pensais chaque jour à cette inscription, croyant bien que je n'aurais de tranquillité que dans la tombe.» Stendhal, *Souvenirs d'égotisme*, p. 472.
3. Aubigné Théodore Agrippa d' (1552-1630) : poète et historien français, auteur des *Aventures du baron de Fœneste*, roman satirique dont le héros a pour nom Fœneste, du grec «apparaître».
4. Collet monté : guindé, enfoncé.

se rappeler ce grand mot que j'ai ouï répéter bien des fois à lord Byron : *This age of cant*[1]. Cette hypocrisie si ennuyeuse et qui ne trompe personne a l'immense avantage de donner quelque chose à dire aux sots : ils se scandalisent de ce qu'on a osé dire telle chose ; de ce qu'on a osé rire de telle autre, etc. Son désavantage est de raccourcir infiniment le domaine de l'histoire.

Si le lecteur a le bon goût de me le permettre, je vais lui présenter, en toute humilité, une notice historique sur le second des don Juan, dont il est possible de parler en 1837 ; il se nommait *François Cenci*[2].

Pour que le don Juan soit possible, il faut qu'il y ait de l'hypocrisie dans le monde. Le don Juan eût été un effet sans cause dans l'antiquité ; la religion était une fête, elle exhortait les hommes au plaisir, comment aurait-elle flétri des êtres qui faisaient d'un certain plaisir leur unique affaire ? Le gouvernement seul parlait de *s'abstenir* ; il défendait les choses qui pouvaient nuire à la patrie, c'est-à-dire à l'intérêt bien entendu de tous, et non ce qui peut nuire à l'individu qui agit.

Tout homme qui avait du goût pour les femmes et beaucoup d'argent pouvait donc être un don Juan dans Athènes[3], personne n'y trouvait à redire ; personne ne professait que cette vie est une vallée de larmes et qu'il y a du mérite à se faire souffrir.

Je ne pense pas que le don Juan athénien pût arriver jusqu'au crime aussi rapidement que le don Juan des monar-

1. Lord Byron : George Gordon (1788-1824), homme de lettres anglais qui fascina tous les romanciers français de son époque ; Stendhal le rencontra à Milan en décembre 1816. *This age of cant* : « cette époque hypocrite ».
2. Les Cenci : noble famille romaine dont il ne reste pratiquement rien de nos jours à Rome.
3. Athènes : ville grecque, symbole de la démocratie antique.

chies modernes; une grande partie du plaisir de celui-ci consiste à braver l'opinion, et il a débuté, dans sa jeunesse, par s'imaginer qu'il bravait seulement l'hypocrisie.

Violer les lois dans la monarchie à la Louis XV, tirer un coup de fusil à un couvreur[1], et le faire dégringoler du haut de son toit, n'est-ce pas une preuve que l'on vit dans la société du prince, que l'on est du meilleur ton, et que l'on se moque fort du juge? *Se moquer du juge*, n'est-ce pas le premier pas, le premier essai de tout petit don Juan qui débute?

Parmi nous, les femmes ne sont plus à la mode[2], c'est pourquoi les don Juan sont rares; mais quand il y en avait, ils commençaient toujours par chercher des plaisirs fort naturels, tout en se faisant gloire de braver ce qui leur semblait des idées non fondées en raison dans la religion de leurs contemporains. Ce n'est que plus tard, et lorsqu'il commence à se pervertir, que le don Juan trouve une volupté exquise à braver les opinions qui lui semblent à lui-même justes et raisonnables.

Ce passage devait être fort difficile chez les anciens, et ce n'est guère que sous les empereurs romains, et après Tibère[3] et Caprée[4], que l'on trouve des libertins qui aiment la corruption pour elle-même, c'est-à-dire pour le plaisir de braver les opinions raisonnables de leurs contemporains.

Ainsi, c'est à la religion chrétienne que j'attribue la possibilité du rôle satanique de don Juan. C'est sans doute cette

1. Couvreur : ouvrier qui fait ou répare les toitures des maisons.
2. Stendhal formule cette idée à diverses reprises pour critiquer l'impuissance à aimer de ses contemporains; elle fournit aussi une explication du déclin du mythe de don Juan.
3. Tibère (42 av. J.-C.-37 apr. J.-C.), adopté par Auguste à qui il succéda, devenant ainsi le deuxième empereur romain; souverain prudent, souvent présenté comme cruel et soupçonneux.
4. Caprée : ou Capri, île située sur le golfe de Naples.

religion qui enseigna au monde qu'un pauvre esclave, qu'un gladiateur avait une âme absolument égale en faculté à celle de César lui-même ; ainsi, il faut la remercier de l'apparition des sentiments délicats ; je ne doute pas, au reste, que tôt ou tard ces sentiments ne se fussent fait jour dans le sein des peuples. L'*Énéide*[1] est déjà bien plus *tendre* que l'*Iliade*[2].

La théorie de Jésus était celle des philosophes arabes ses contemporains ; la seule chose nouvelle qui se soit introduite dans le monde à la suite des principes prêchés par saint Paul[3], c'est un corps de prêtres absolument séparé du reste des citoyens et même ayant des intérêts opposés*.

Ce corps fit son unique affaire de cultiver et de fortifier le *sentiment religieux* ; il inventa des prestiges et des habitudes pour émouvoir les esprits de toutes les classes, depuis le pâtre inculte jusqu'au vieux courtisan blasé ; il sut lier son souvenir aux impressions charmantes de la première enfance ; il ne laissa point passer la moindre peste ou le moindre grand malheur sans en profiter pour redoubler la peur et le *sentiment religieux*, ou tout au moins pour bâtir une belle église, comme la *Salute* à Venise[4].

L'existence de ce corps produisit cette chose admirable : le pape saint Léon[5], résistant sans *force physique* au féroce

---

* Voir Montesquieu : *Politique des Romains dans la religion. (Toutes les notes appelées par astérisque sont de Stendhal.)*
1. *Énéide* : poème épique du poète latin Virgile, en douze chants, il raconte les aventures d'Énée, à l'origine du peuple romain.
2. *Iliade* : épopée guerrière d'Homère, poète grec de l'antiquité qui raconte le siège de Troie, ancienne ville d'Asie Mineure, par les Grecs.
3. Saint Paul : grande figure du christianisme, il en fixe les lois temporelles.
4. La Salute à Venise : cathédrale vénitienne.
5. Saint Léon : Léon Ier ou le Grand, Toscan, pape en 440. «Sur l'autel de saint Léon le Grand on voit, entre deux colonnes de granit rouge oriental, un bas-relief de l'Algarde, que quelques personnes regardent comme son chef-d'œuvre. Saint Léon détourne Attila, roi des Huns, de continuer sa marche vers Rome, en lui montrant saint Pierre et saint Paul irrités contre lui.» Stendhal, *Promenades dans Rome, op. cit.*, p. 114.

Attila[1] et à ses nuées de barbares qui venaient d'effrayer la Chine, la Perse et les Gaules.

Ainsi, la religion, comme le pouvoir absolu tempéré par des chansons, qu'on appelle la monarchie française, a produit des choses singulières que le monde n'eût jamais vues, peut-être, s'il eût été privé de ces deux institutions.

Parmi ces choses bonnes ou mauvaises, mais toujours singulières et curieuses, et qui eussent bien étonné Aristote[2], Polybe[3], Auguste[4], et les autres bonnes têtes de l'antiquité, je place sans hésiter le caractère tout moderne du don Juan. C'est, à mon avis, un produit des *institutions ascétiques* des papes venus après Luther[5] ; car Léon X[6] et sa cour (1506) suivaient à peu près les principes de la religion d'Athènes.

Le *Don Juan* de Molière fut représenté au commencement du règne de Louis XIV, le 15 février 1665 ; ce prince n'était point encore dévot, et cependant la censure ecclésiastique fit supprimer la scène du *pauvre dans la forêt*. Cette censure, pour se donner des forces, voulait persuader à ce jeune roi, si prodigieusement ignorant, que le mot janséniste[7] était synonyme de *républicain* *.

* Saint-Simon – *Mémoires de l'abbé Blache.*
1. Attila : roi des Huns (mort en 453), il envahit l'Europe.
2. Aristote (384-322 av. J.-C.) : philosophe de l'antiquité grecque considéré comme une autorité par les auteurs chrétiens.
3. Polybe (vers 210-vers 125 av. J.-C.) : historien grec des guerres puniques.
4. Auguste : (63 av. J.-C-14 apr. J.-C.), premier empereur romain.
5. Luther, Martin (1483-1546) : réformateur religieux allemand, à l'origine de la religion réformée ou protestantisme.
6. «Léon X, Médicis, d'une famille de marchands, dont l'alliance est considérée comme une tache pour la famille de B***, élu en 1513, fut malheureusement empoisonné après un règne de 8 ans 8 mois et 12 jours.» Stendhal, *Liste des quarante-six derniers papes,* dans *Promenades dans Rome, op. cit.,* p. 580. (Voir aussi note 1, p. 147.)
7. Le jansénisme donne une interprétation très stricte du christianisme. Louis XIV fit dissoudre cet ordre religieux.

L'original est d'un Espagnol, Tirso de Molina[1]*; une troupe italienne en jouait une imitation à Paris vers 1664, et faisait fureur. C'est probablement la comédie du monde qui a été représentée le plus souvent. C'est qu'il y a le diable et l'amour, la peur de l'enfer et une passion exaltée pour une femme, c'est-à-dire, ce qu'il y a de plus terrible et de plus doux aux yeux de tous les hommes pour peu qu'ils soient au-dessus de l'état sauvage.

Il n'est pas étonnant que la peinture du don Juan ait été introduite dans la littérature par un poète espagnol. L'amour tient une grande place dans la vie de ce peuple; c'est, là-bas, une passion sérieuse et qui se fait sacrifier, haut la main, toutes les autres, et même, qui le croirait? la *vanité*! Il en est de même en Allemagne et en Italie. À le bien prendre, la France seule est complètement délivrée de cette passion, qui fait faire tant de folies à ces étrangers : par exemple, épouser une fille pauvre, sous le prétexte qu'elle est jolie et qu'on en est amoureux. Les filles qui manquent de beauté ne manquent pas d'admirateurs en France; nous sommes gens avisés. Ailleurs, elles sont réduites à se faire religieuses, et c'est pourquoi les couvents sont indispensables en Espagne. Les filles n'ont pas de dot en ce pays, et cette loi a maintenu le triomphe de l'amour. En France, l'amour ne s'est-il pas réfugié au cinquième étage, c'est-à-dire parmi les filles qui ne se marient pas avec l'entremise du notaire de la famille?

---

* Ce nom fut adopté par un moine, homme d'esprit, fray Gabriel Tellez. Il appartenait à l'ordre de la Merci, et l'on a de lui plusieurs pièces où se trouvent des scènes de génie, entre autres, *le Timide à la Cour*. Tellez fit trois cents comédies, dont soixante ou quatre-vingts existent encore. Il mourut vers 1610.
1. Tirso de Molina, Gabriel Téllez, dit (1583-1648) : auteur dramatique espagnol, admirateur de Lope de Vega, auteur de comédies et de drames religieux.

Il ne faut point parler du don Juan de lord Byron, ce n'est qu'un Faublas[1], un beau jeune homme insignifiant, et sur lequel se précipitent toutes sortes de bonheurs invraisemblables.

C'est donc en Italie, et au seizième siècle seulement qu'a dû paraître, pour la première fois, ce caractère singulier. C'est en Italie et au dix-septième siècle qu'une princesse disait, en prenant une glace avec délices le soir d'une journée fort chaude : *Quel dommage que ce ne soit pas un péché !*

Ce sentiment forme, suivant moi, la base du caractère du don Juan, et comme on voit, la religion chrétienne lui est nécessaire.

Sur quoi un auteur napolitain s'écrie : «N'est-ce rien que de braver le ciel, et de croire qu'au moment même le ciel peut vous réduire en cendre? De là l'extrême volupté, dit-on, d'avoir une maîtresse religieuse, et religieuse remplie de piété, sachant fort bien qu'elle fait mal, et demandant pardon à Dieu avec passion, comme elle pèche avec passion *.»

Supposons un chrétien extrêmement pervers, né à Rome, au moment où le sévère Pie V[2] venait de remettre en honneur ou d'inventer une foule de pratiques minutieuses absolument étrangères à cette morale simple qui n'appelle vertu que *ce qui est utile aux hommes*. Une inquisition inexo-

* D. Dominico Paglietta.
1. Faublas : personnage du roman de Jean-Baptiste Louvet de Couvray, *Les Amours du chevalier de Faublas* (1787-1790), héros d'innombrables aventures galantes mais d'une psychologie très sommaire.
2. Pie V : «Saint Pie V, Ghislieri, piémontais, était grand inquisiteur quand il fut élu en 1566. Il gouverna l'Église 6 ans et 24 jours. Son zèle sanguinaire l'a fait *saint*.» Stendhal, *Promenades dans Rome, op. cit.*, p. 580.

rable, et tellement inexorable qu'elle dura peu en Italie, et dut se réfugier en Espagne, venait d'être renforcée * et faisait peur à tous. Pendant quelques années, on attacha de très grandes peines à la non-exécution ou au mépris public de ces petites pratiques minutieuses élevées au rang des devoirs les plus sacrés de la religion ; il aura haussé les épaules en voyant l'universalité des citoyens trembler devant les lois terribles de l'inquisition.

« Eh bien ! se sera-t-il dit, je suis l'homme le plus riche de Rome, cette capitale du monde ; je vais en être aussi le plus brave ; je vais me moquer publiquement de tout ce que ces gens-là respectent, et qui ressemble si peu à ce qu'on doit respecter. »

Car un don Juan, pour être tel, doit être homme de cœur et posséder cet esprit vif et net qui fait voir clair dans les motifs des actions des hommes.

François Cenci se sera dit : « Par quelles actions parlantes, moi Romain, né à Rome en 1527, précisément pendant les six mois durant lesquels les soldats luthériens du connétable de Bourbon y commirent, sur les choses saintes, les plus affreuses profanations ; par quelles actions pourrais-je faire remarquer mon courage et me donner, le plus profondément possible, le plaisir de braver l'opinion ? Comment étonnerai-je mes sots contemporains ? Comment pourrais-je me donner le plaisir si vif de me sentir différent de tout ce vulgaire ? »

---

* Saint Pie V Ghislieri, Piémontais, dont on voit la figure maigre et sévère au tombeau de Sixte-Quint, à Sainte-Marie-Majeure, était *grand inquisiteur* quand il fut appelé au trône de saint Pierre, en 1566. Il gouverna l'Église six ans et vingt-quatre jours. Voir ses lettres, publiées par M. de Potter, le seul homme parmi nous qui ait connu ce point d'histoire. L'ouvrage de M. de Potter, vaste mine de faits, est le fruit de quatorze ans d'études consciencieuses dans les bibliothèques de Florence, de Venise et de Rome.

Il ne pouvait entrer dans la tête d'un Romain, et d'un Romain du Moyen Âge, de se borner à des paroles. Il n'est pas de pays où les paroles hardies soient plus méprisées qu'en Italie.

L'homme qui a pu se dire à lui-même ces choses se nommait François Cenci : il a été tué sous les yeux de sa fille et de sa femme, le 15 septembre 1598. Rien d'aimable ne nous reste de ce don Juan, son caractère ne fut point adouci et *amoindri* par l'idée d'être, avant tout, homme de bonne compagnie, comme le don Juan de Molière. Il ne songeait aux autres hommes que pour marquer sa supériorité sur eux, s'en servir dans ses desseins ou les haïr. Le don Juan n'a jamais de plaisir par les sympathies, par les douces rêveries ou les illusions d'un cœur tendre. Il lui faut, avant tout, des plaisirs qui soient des triomphes, qui puissent être vus par les autres, qui ne *puissent être niés*; il lui faut la liste déployée par l'insolent Leporello aux yeux de la triste Elvire[1].

Le don Juan romain s'est bien gardé de la maladresse insigne de donner la clef de son caractère, et de faire des confidences à un laquais, comme le don Juan de Molière; il a vécu sans confident, et n'a prononcé de paroles que celles qui étaient utiles pour *l'avancement de ses desseins*. Nul ne vit en lui de ces moments de tendresse véritable et de gaieté charmante qui nous font pardonner au don Juan de Mozart; en un mot, le portrait que je vais traduire est affreux.

Par choix, je n'aurais pas raconté ce caractère, je me

---

1. Leporello : personnage du *Don Giovanni* de Mozart (1787). Héritier du valet de la *commedia dell'arte*, il est inséparable de son maître. Elvire : jeune femme séduite par Dom Juan.

serais contenté de l'étudier, car il est plus voisin de l'horrible que du curieux ; mais j'avouerai qu'il m'a été demandé par des compagnons de voyage auxquels je ne pouvais rien refuser. En 1823, j'eus le bonheur de voir l'Italie avec des êtres aimables et que je n'oublierai jamais, je fus séduit comme eux par l'admirable portrait de Béatrix Cenci, que l'on voit à Rome, au palais Barberini[1].

La galerie de ce palais est maintenant réduite à sept ou huit tableaux ; mais quatre sont des chefs-d'œuvre : c'est d'abord le portrait de la célèbre *Fornarina,* la maîtresse de Raphaël, par Raphaël[2] lui-même. Ce portrait, sur l'authenticité duquel il ne peut s'élever aucun doute, car on trouve des copies contemporaines, est tout différent de la figure qui, à la galerie de Florence, est donnée comme le portrait de la maîtresse de Raphaël, et a été gravé, sous ce nom, par Morghen. Le portrait de Florence n'est pas même de Raphaël. En faveur de ce grand nom, le lecteur voudra-t-il pardonner à cette petite digression ?

Le second portrait précieux de la galerie Barberini est du Guide[3] ; c'est le portrait de Béatrix Cenci, dont on voit tant de mauvaises gravures. Ce grand peintre a placé sur le cou de Béatrix un bout de draperie insignifiant ; il l'a coiffée d'un turban ; il eût craint de pousser la vérité jusqu'à *l'horrible*, s'il eût reproduit exactement l'habit qu'elle s'était fait faire pour paraître à l'exécution, et les cheveux en désordre d'une pauvre fille de seize ans qui vient de s'abandonner au

---

1. Palais Barberini : palais situé dans la ville de Rome.
2. Raphaël : (1483-1520) – «On regarde RAPHAËL, LE TITIEN et LE CORRÈGE comme les trois plus grands peintres de l'Italie», écrit Stendhal dans son *Histoire de la peinture en Italie.*
3. Guide : Guido Reni, dit Le Guide (1575-1642), peintre bolognais dont le séjour à Rome en 1599 est contesté par les spécialistes (voir p. 185).

désespoir. La tête est douce et belle, le regard très doux et les yeux fort grands : ils ont l'air étonné d'une personne qui vient d'être surprise au moment où elle pleurait à chaudes larmes. Les cheveux sont blonds et très beaux. Cette tête n'a rien de la fierté romaine et de cette conscience de ses propres forces que l'on surprend souvent dans le regard assuré d'une *fille du Tibre*[1], *di una figlia del Tevere*, disent-elles d'elles-mêmes avec fierté. Malheureusement les demi-teintes ont poussé au *rouge de brique* pendant ce long intervalle de deux cent trente-huit ans qui nous sépare de la catastrophe dont on va lire le récit.

Le troisième portrait de la galerie Barberini est celui de Lucrèce Petroni, belle-mère de Béatrix, qui fut exécutée avec elle. C'est le type de la matrone romaine dans sa beauté et sa fierté * naturelles. Les traits sont grands et la carnation d'une éclatante blancheur, les sourcils noirs et fort marqués, le regard est impérieux et en même temps chargé de volupté. C'est un beau contraste avec la figure si douce, si simple, presque allemande de sa belle-fille.

Le quatrième portrait, brillant par la vérité et l'éclat des couleurs, est l'un des chefs-d'œuvre de Titien[2] ; c'est une esclave grecque qui fut la maîtresse du fameux doge[3] Barbarigo.

Presque tous les étrangers qui arrivent à Rome se font conduire, dès le commencement de leur tournée, à la galerie Barberini ; ils sont appelés, les femmes surtout, par les

---

* Cette fierté ne provient point du rang dans le monde, comme dans les portraits de Van Dyck.
1. Tibre : fleuve italien, qui traverse Rome et se jette dans la mer Tyrrhénienne.
2. Titien, Tiziano Vecellio, dit (vers 1490-1576) : peintre vénitien.
3. Doge : chef élu des anciennes républiques de Gênes et de Venise.

portraits de Béatrix Cenci et de sa belle-mère. J'ai partagé la curiosité commune ; ensuite, comme tout le monde, j'ai cherché à obtenir communication des pièces de ce procès célèbre. Si on a ce crédit, on sera tout étonné, je pense, en lisant ces pièces, où tout est latin, excepté les réponses des accusés, de ne trouver presque pas l'explication des faits. C'est qu'à Rome, en 1599, personne n'ignorait les faits. J'ai acheté la permission de copier un récit contemporain ; j'ai cru pouvoir en donner la traduction sans blesser aucune convenance ; du moins cette traduction put-elle être lue tout haut devant des dames en 1823. Il est bien entendu que le traducteur cesse d'être fidèle lorsqu'il ne peut plus l'être : l'horreur l'emporterait facilement sur l'intérêt de curiosité.

Le triste rôle du don Juan pur (celui qui ne cherche à se conformer à aucun modèle idéal, et qui ne songe à l'opinion du monde que pour l'outrager) est exposé ici dans toute son horreur. Les excès de ses crimes forcent deux femmes malheureuses à le faire tuer sous leurs yeux ; ces deux femmes étaient l'une son épouse, et l'autre sa fille, et le lecteur n'osera décider si elles furent coupables. Leurs contemporains trouvèrent qu'elles ne devaient pas périr.

Je suis convaincu que la tragédie de *Galeoto Manfredi* (qui fut tué par sa femme, sujet traité par le grand poète Monti) et tant d'autres tragédies domestiques du quinzième siècle, qui sont moins connues et à peine indiquées dans les histoires particulières des villes d'Italie, finirent par une scène semblable à celle du château de Petrella. Voici la traduction du récit contemporain ; il est en *italien de Rome,* et fut écrit le 14 septembre 1599.

HISTOIRE VÉRITABLE

de la mort de Jacques et Béatrix Cenci, et de Lucrèce
Petroni Cenci, leur belle-mère, exécutés pour crime de
parricide, samedi dernier 11 septembre 1599, sous le règne
de notre saint père le pape, Clément VIII[1], Aldobrandini.

La vie exécrable[2] qu'a toujours menée François Cenci, né
à Rome et l'un de nos concitoyens les plus opulents[3], a fini
par le conduire à sa perte. Il a entraîné à une mort prématu-
rée ses fils, jeunes gens forts et courageux, et sa fille Béatrix qui, quoiqu'elle ait été conduite au supplice à peine
âgée de seize ans (il y a aujourd'hui quatre jours), n'en passait pas moins pour une des plus belles personnes des États
du pape et de l'Italie tout entière. La nouvelle se répand que
le signor Guido Reni, un des élèves de cette admirable école
de Bologne, a voulu faire le portrait de la pauvre Béatrix,
vendredi dernier, c'est-à-dire le jour même qui a précédé
son exécution[4]. Si ce grand peintre s'est acquitté de cette
tâche comme il a fait pour les autres peintures qu'il a exé-
cutées dans cette capitale, la postérité pourra se faire
quelque idée de ce que fut la beauté de cette fille admirable.
Afin qu'elle puisse aussi conserver quelque souvenir de ses
malheurs sans pareils, et de la force étonnante avec laquelle
cette âme vraiment romaine sut les combattre, j'ai résolu
d'écrire ce que j'ai appris sur l'action qui l'a conduite à la
mort, et ce que j'ai vu le jour de sa glorieuse tragédie.

1. «Clément VIII, Aldobrandini, de Fano, élu en 1592, régna 13 ans 1 mois et 3
   jours. Vous vous rappelez la belle villa Aldobrandini à Frascati.» Stendhal,
   Liste des quarante-six derniers papes, dans *Promenades dans Rome, op. cit.*,
   p. 581.
2. Exécrable : haïssable, détestable.
3. Opulent : riche.
4. La présence de Guido Reni à Rome en 1599 n'est pas attestée.

Les personnes qui m'ont donné mes informations étaient placées de façon à savoir les circonstances les plus secrètes, lesquelles sont ignorées dans Rome, même aujourd'hui, quoique depuis six semaines on ne parle d'autre chose que du procès des Cenci. J'écrirai avec une certaine liberté, assuré que je suis de pouvoir déposer mon commentaire dans des archives respectables, et d'où certainement il ne sera tiré qu'après moi. Mon unique chagrin est de devoir parler, mais ainsi le veut la vérité, contre l'innocence de cette pauvre Béatrix Cenci, adorée et respectée de tous ceux qui l'ont connue, autant que son horrible père était haï et exécré.

Cet homme, qui, l'on ne peut le nier, avait reçu du ciel une sagacité et une bizarrerie étonnantes, fut fils de monsignor Cenci, lequel, sous Pie V[1] (Ghislieri), s'était élevé au poste de *trésorier* (ministre des finances). Ce saint pape, tout occupé, comme on sait, de sa juste haine contre l'hérésie[2] et du rétablissement de son admirable inquisition[3], n'eut que du mépris pour l'administration temporelle de son État, de façon que ce monsignor Cenci, qui fut trésorier pendant quelques années avant 1572, trouva moyen de laisser à cet homme affreux qui fut son fils et père de Béatrix un revenu net de cent soixante mille piastres[4] (environ deux millions cinq cent mille francs de 1837).

François Cenci, outre cette grande fortune, avait une réputation de courage et de prudence à laquelle, dans son jeune temps, aucun autre Romain ne put atteindre ; et cette réputation le mettait d'autant plus en crédit à la cour du

1. Saint Pie V : élu en 1566, il gouverna l'Église pendant six ans.
2. Hérésie : doctrine contraire à la foi catholique et condamnée par l'Église.
3. Inquisition : tribunal ecclésiastique institué dans certains pays catholiques pour rechercher et condamner les hérétiques ; organisée par le concile de Vérone (1183), puis par Grégoire IX (1233) qui la confia aux Dominicains.
4. Piastre : monnaie d'argent, de valeur variable.

pape et parmi tout le peuple, que les actions criminelles que l'on commençait à lui imputer n'étaient que du genre de celles que le monde pardonne facilement. Beaucoup de Romains se rappelaient encore, avec un amer regret, la liberté de penser et d'agir dont on avait joui du temps de Léon X[1], qui nous fut enlevé en 1513, et sous Paul III, mort en 1549. On commença à parler, sous ce dernier pape, du jeune François Cenci à cause de certains amours singuliers, amenés à bonne réussite par des moyens plus singuliers encore.

Sous Paul III[2], temps où l'on pouvait encore parler avec une certaine confiance, beaucoup disaient que François Cenci était avide surtout d'événements bizarres qui pussent lui donner des *peripezie di nuova idea,* sensations nouvelles et inquiétantes ; ceux-ci s'appuient sur ce qu'on a trouvé dans ses livres de comptes des articles tels que celui-ci :

«Pour les aventures et *peripezie* de Toscanella, trois mille cinq cents piastres (environ soixante mille francs de 1837) *e non fu caro* (et ce ne fut pas trop cher).»

On ne sait peut-être pas, dans les autres villes d'Italie, que notre sort et notre façon d'être à Rome changent selon le caractère du pape régnant. Ainsi, pendant treize années sous le bon pape Grégoire XIII[3] (Buoncompagni), tout était permis à Rome ; qui voulait faisait poignarder son ennemi, et n'était point poursuivi, pour peu qu'il se conduisit d'une

1. «Léon X, *Médicis*, d'une famille de marchands, dont l'alliance est considérée comme une tache pour la famille de B***, élu en 1513, fut malheureusement empoisonné après un règne de 8 ans 8 mois et 12 jours» (*Promenades dans Rome, op. cit.*). Ici, Stendhal fait donc une erreur en donnant pour la date de sa mort l'année de son élection.
2. «Paul III, *Farnèse*, romain, élu en 1534, gouverna l'Église 15 ans et 29 jours ; il ne songea qu'à donner un trône à son fils, l'infâme Pierre-Louis, assassiné à Plaisance par ses courtisans. Viol de l'évêque de Fano» (*Ibid.*).
3. «Grégoire XIII, *Buoncompagni*, de Bologne, élu en 1572, gouverne l'Église 12 ans 10 mois et 28 jours. Il se réjouit de la Saint-Barthélemy» (*Ibid.*).

façon modeste. À cet excès d'indulgence succéda l'excès de la sévérité pendant les cinq années que régna le grand Sixte-Quint[1], duquel il a été dit, comme de l'empereur Auguste, qu'il fallait qu'il ne vînt jamais ou qu'il restât toujours. Alors on vit exécuter des malheureux pour des assassinats ou empoisonnements oubliés depuis dix ans, mais dont ils avaient eu le malheur de se confesser au cardinal Montalto, depuis Sixte-Quint.

Ce fut principalement sous Grégoire XIII que l'on commença à beaucoup parler de François Cenci ; il avait épousé une femme fort riche et telle qu'il convenait à un seigneur si accrédité, elle mourut après lui avoir donné sept enfants. Peu après sa mort, il prit en secondes noces Lucrèce Petroni, d'une rare beauté et célèbre surtout par l'éclatante blancheur de son teint, mais un peu trop replète, comme c'est le défaut commun de nos Romaines. De Lucrèce il n'eut point d'enfants.

Le moindre vice qui fût à reprendre en François Cenci, ce fut la propension à un amour infâme[2] ; le plus grand fut celui de ne pas croire en Dieu. De sa vie on ne le vit entrer dans une église.

Mis trois fois en prison pour ses amours infâmes, il s'en tira en donnant deux cent mille piastres aux personnes en faveur auprès des douze papes sous lesquels il a successivement vécu. (Deux cent mille piastres font à peu près cinq millions de 1837.)

---

1. «Sixte Quint, *Peretti*. Ce grand prince naquit sous le chaume, dans le village de Grottamare, dans la Marche. Élu en 1585, il ne gouverna l'Église que 5 ans 4 mois et 3 jours. Ce règne si court lui suffit pour remplir Rome de monuments et pour supprimer les brigands. Il donna à la cour de Rome des statuts que l'on peut considérer comme une sorte de constitution. Par exemple, il fixa à soixante-dix le nombre des cardinaux, et voulut que quatre de ces messieurs fussent toujours choisis parmi les moines» (*Ibid.*).
2. Amour infâme : le manuscrit italien précise qu'il s'agit de la sodomie.

Je n'ai vu François Cenci que lorsqu'il avait déjà les cheveux grisonnants, sous le règne du pape Buoncompagni, quand tout était permis à qui osait. C'était un homme d'à peu près cinq pieds quatre pouces, fort bien fait, quoique trop maigre ; il passait pour être extrêmement fort, peut-être faisait-il courir ce bruit lui-même ; il avait les yeux grands et expressifs, mais la paupière supérieure retombait un peu trop ; il avait le nez trop avancé et trop grand, les lèvres minces et un sourire plein de grâce. Ce sourire devenait terrible lorsqu'il fixait le regard sur ses ennemis ; pour peu qu'il fût ému ou irrité, il tremblait excessivement et de façon à l'incommoder. Je l'ai vu dans ma jeunesse, sous le pape Buoncompagni, aller à cheval de Rome à Naples, sans doute pour quelqu'une de ses amourettes, il passait par les bois de San Germano et de la Fajola, sans avoir nul souci des brigands, et faisait, dit-on, la route en moins de vingt heures. Il voyageait toujours seul, et sans prévenir personne ; quand son premier cheval était fatigué, il en achetait ou en volait un autre. Pour peu qu'on fît des difficultés, il ne faisait pas difficulté, lui, de donner un coup de poignard. Mais il est vrai de dire que du temps de ma jeunesse, c'est-à-dire quand il avait quarante-huit ou cinquante ans, personne n'était assez hardi pour lui résister. Son grand plaisir était surtout de braver ses ennemis.

Il était fort connu sur toutes les routes des États de Sa Sainteté ; il payait généreusement, mais aussi il était capable, deux ou trois mois après une offense à lui faite, d'expédier un de ses sicaires pour tuer la personne qui l'avait offensé.

La seule action vertueuse qu'il ait faite pendant toute sa longue vie, a été de bâtir, dans la cour de son vaste palais près du Tibre, une église dédiée à saint Thomas, et encore il fut poussé à cette belle action par le désir singulier d'avoir sous ses yeux les tombeaux de tous ses enfants*, pour lesquels il eut une haine excessive et contre nature, même dès leur plus tendre jeunesse, quand ils ne pouvaient encore l'avoir offensé en rien.

C'est là que je veux les mettre tous, disait-il souvent avec un rire amer aux ouvriers qu'il employait à construire son église. Il envoya les trois aînés, Jacques, Christophe et Roch, étudier à l'université de Salamanque[1] en Espagne. Une fois qu'ils furent dans ce pays lointain, il prit un malin plaisir à ne leur faire passer aucune remise d'argent, de façon que ces malheureux jeunes gens, après avoir adressé à leur père nombre de lettres, qui toutes restèrent sans réponse, furent réduits à la misérable nécessité de revenir dans leur patrie en empruntant de petites sommes d'argent ou en mendiant tout le long de la route.

À Rome, ils trouvèrent un père plus sévère et plus rigide, plus âpre que jamais, lequel, malgré ses immenses richesses, ne voulut ni les vêtir ni leur donner l'argent nécessaire pour acheter les aliments les plus grossiers. Ces malheureux furent forcés d'avoir recours au pape, qui força François Cenci à leur faire une petite pension. Avec ce secours fort médiocre ils se séparèrent de lui.

Bientôt après, à l'occasion de ses amours infâmes, François fut mis en prison pour la troisième et dernière fois; sur quoi les trois frères sollicitèrent une audience de notre saint père le pape actuellement régnant, et le prièrent en commun de faire mourir François Cenci leur père, qui dirent-ils, déshonorerait leur maison. Clément VIII en avait grande

* À Rome on enterre sous les églises.
1. Salamanque : ville d'Espagne (Vieille-Castille), célèbre pour son université et ses nombreux monuments.

envie, mais il ne voulut pas suivre sa première pensée, pour ne pas donner contentement à ces enfants dénaturés, et il les chassa honteusement de sa présence.

Le père, comme nous l'avons dit plus haut, sortit de prison en donnant une grosse somme d'argent à qui le pouvait protéger. On conçoit que l'étrange démarche de ses trois fils aînés dut augmenter encore la haine qu'il portait à ses enfants. Il les maudissait à chaque instant, grands et petits, et tous les jours il accablait de coups de bâton ses deux pauvres filles qui habitaient avec lui dans son palais.

La plus âgée, quoique surveillée de près, se donna tant de soins, qu'elle parvint à faire présenter une supplique au pape ; elle conjura Sa Sainteté de la marier ou de la placer dans un monastère. Clément VIII eut pitié de ses malheurs, et la maria à Charles Gabrielli, de la famille la plus noble de Gubbio ; Sa Sainteté obligea le père à donner une forte dot.

À ce coup imprévu, François Cenci montra une extrême colère, et pour empêcher que Béatrix, en devenant plus grande, n'eût l'idée de suivre l'exemple de sa sœur, il la séquestra dans un des appartements de son immense palais. Là, personne n'eut la permission de voir Béatrix, alors à peine âgée de quatorze ans, et déjà dans tout l'éclat d'une ravissante beauté. Elle avait surtout une gaieté, une candeur et un esprit comique que je n'ai jamais vus qu'à elle. François Cenci lui portait lui-même à manger. Il est à croire que c'est alors que le monstre en devint amoureux, ou feignit d'en devenir amoureux, afin de mettre au supplice sa malheureuse fille. Il lui parlait souvent du tour perfide que lui avait joué sa sœur aînée, et, se mettant en colère au son de ses propres paroles, finissait par accabler de coups Béatrix.

Sur ces entrefaites, Roch Cenci son fils, fut tué par un charcutier, et l'année suivante, Christophe Cenci fut tué par

Paul Corso de Massa. À cette occasion, il montra sa noire impiété, car aux funérailles de ses deux fils il ne voulut pas dépenser même un baïoque pour des cierges. En apprenant le sort de son fils Christophe, il s'écria qu'il ne pourrait goûter quelque joie que lorsque tous ses enfants seraient enterrés, et que, lorsque le dernier viendrait à mourir, il voulait, en signe de bonheur, mettre le feu à son palais. Rome fut étonnée de ce propos, mais elle croyait tout possible d'un pareil homme, qui mettait sa gloire à braver tout le monde et le pape lui-même.

(Ici il devient absolument impossible de suivre le narrateur romain dans le récit fort obscur des choses étranges par lesquelles François Cenci chercha à étonner ses contemporains. Sa femme et sa malheureuse fille furent, suivant toute apparence, victimes de ses idées abominables.)

Toutes ces choses ne lui suffirent point ; il tenta avec des menaces, et en employant la force, de violer sa propre fille Béatrix, laquelle était déjà grande et belle ; il n'eut pas honte d'aller se placer dans son lit, lui se trouvant dans un état complet de nudité. Il se promenait avec elle dans les salles de son palais, lui étant parfaitement nu ; puis il la conduisait dans le lit de sa femme, afin qu'à la lueur des lampes la pauvre Lucrèce pût voir ce qu'il faisait avec Béatrix.

Il donnait à entendre à cette pauvre fille une hérésie effroyable, que j'ose à peine rapporter, à savoir que, lorsqu'un père connaît sa propre fille, les enfants qui naissent sont nécessairement des saints, et que tous les plus grands saints vénérés par l'Église sont nés de cette façon, c'est-à-dire que leur grand-père maternel a été leur père[1].

---

1. Note de Stendhal sur le manuscrit italien, reproduite par Henri Martineau dans son édition Gallimard, «Pléiade», p. 1455 : «Le conteur ne s'indigne tout à fait que pour l'hérésie.»

Lorsque Béatrix résistait à ses exécrables volontés, il l'accablait des coups les plus cruels, de sorte que cette pauvre fille, ne pouvant tenir à une vie si malheureuse, eut l'idée de suivre l'exemple que sa sœur lui avait donné. Elle adressa à notre saint père le pape une supplique fort détaillée ; mais il est à croire que François Cenci avait pris ses précautions, car il ne paraît pas que cette supplique soit jamais parvenue aux mains de Sa Sainteté ; du moins fut-il impossible de la retrouver à la secrétairerie des *Memoriali*, lorsque, Béatrix étant en prison, son défenseur eut le plus grand besoin de cette pièce ; elle aurait pu prouver en quelque sorte les excès inouïs qui furent commis dans le château de Petrella. N'eût-il pas été évident pour tous que Béatrix Cenci s'était trouvée dans le cas d'une légitime défense ? Ce mémorial parlait aussi au nom de Lucrèce, belle-mère de Béatrix.

François Cenci eut connaissance de cette tentative, et l'on peut juger avec quelle colère il redoubla de mauvais traitements envers ces deux malheureuses femmes.

La vie leur devint absolument insupportable, et ce fut alors que, voyant bien qu'elles n'avaient rien à espérer de la justice du souverain, dont les courtisans étaient gagnés par les riches cadeaux de François, elles eurent l'idée d'en venir au parti extrême qui les a perdues, mais qui pourtant a eu cet avantage de terminer leurs souffrances en ce monde.

Il faut savoir que le célèbre monsignor Guerra allait souvent au palais Cenci ; il était d'une taille élevée et d'ailleurs fort bel homme, il avait reçu ce don spécial de la destinée, qu'à quelque chose qu'il voulût s'appliquer il s'en tirait avec une grâce toute particulière. On a supposé qu'il aimait

Béatrix et avait le projet de quitter la *mantelleta*[1] et de l'épouser*; mais, quoiqu'il prît soin de cacher ses sentiments avec une attention extrême, il était exécré de François Cenci, qui lui reprochait d'avoir été fort lié avec tous ses enfants. Quand monsignor Guerra apprenait que le signor Cenci était hors de son palais, il montait à l'appartement des dames et passait plusieurs heures à discourir avec elles et à écouter leurs plaintes des traitements incroyables auxquels toutes les deux étaient en butte. Il paraît que Béatrix la première osa parler de vive voix à monsignor Guerra du projet auquel elles s'étaient arrêtées. Avec le temps il y donna les mains; et, vivement pressé à diverses reprises par Béatrix, il consentit enfin à communiquer cet étrange dessein à Giacomo Cenci, sans le consentement duquel on ne pouvait rien faire, puisqu'il était le frère aîné et chef de la maison après François.

On trouva de grandes facilités à l'attirer dans la conspiration; il était extrêmement maltraité par son père, qui ne lui donnait aucun secours, chose d'autant plus sensible à Giacomo qu'il était marié et avait six enfants. On choisit pour s'assembler et traiter des moyens de donner la mort à François Cenci l'appartement de monsignor Guerra. L'affaire se traita avec toutes les formes convenables, et l'on prit sur toutes choses le vote de la belle-mère et de la jeune fille. Quand enfin le parti fut arrêté, on fit choix de deux vassaux de François Cenci, lesquels avaient conçu contre lui une haine mortelle. L'un d'eux s'appelait Marzio; c'était un homme de cœur, fort attaché aux malheureux enfants de

---

* La plupart des *monsignori* ne sont point engagés dans les ordres sacrés et peuvent se marier.
1. Mantelleta : mot à mot, «petit manteau»; à prendre au sens de vêtement d'ecclésiastique, donc, par métonymie, ici, renvoie à l'état d'ecclésiastique.

François, et, pour faire quelque chose qui leur fût agréable, il consentit à prendre part au parricide. Olimpio, le second, avait été choisi pour châtelain de la forteresse de la Petrella, au royaume de Naples, par le prince Colonna[1]; mais, par son crédit tout-puissant auprès du prince, François Cenci l'avait fait chasser.

On convint de toute chose avec ces deux hommes; François Cenci ayant annoncé que, pour éviter le mauvais air de Rome, il irait passer l'été suivant dans cette forteresse de la Petrella, on eut l'idée de réunir une douzaine de bandits napolitains. Olimpio se chargea de les fournir. On décida qu'on les ferait cacher dans les forêts voisines de la Petrella, qu'on les avertirait du moment où François Cenci se mettrait en chemin, qu'ils l'enlèveraient sur la route, et feraient annoncer à sa famille qu'ils le délivreraient moyennant une forte rançon. Alors les enfants seraient obligés de retourner à Rome pour amasser la somme demandée par les brigands; ils devaient feindre de ne pas pouvoir trouver cette somme avec rapidité, et les brigands, suivant leur menace, ne voyant point arriver l'argent, auraient mis à mort François Cenci. De cette façon, personne ne devait être amené à soupçonner les véritables auteurs de cette mort.

Mais, l'été venu, lorsque François Cenci partit de Rome pour la Petrella, l'espion qui devait donner avis du départ, avertit trop tard les bandits placés dans les bois, et ils n'eurent pas le temps de descendre sur la grande route. Cenci arriva sans encombre à la Petrella; les brigands, las d'attendre une proie douteuse, allèrent voler ailleurs pour leur propre compte.

---

1. Colonna : famille romaine princière, attestée depuis le XIe siècle en Italie; très influente à Rome du XIIIe au XVIIe siècle.

De son côté, Cenci, vieillard sage et soupçonneux, ne se hasardait jamais à sortir de la forteresse. Et, sa mauvaise humeur augmentant avec les infirmités de l'âge, qui lui étaient insupportables, il redoublait les traitements atroces qu'il faisait subir aux deux pauvres femmes. Il prétendait qu'elles se réjouissaient de sa faiblesse.

Béatrix, poussée à bout par les choses horribles qu'elle avait à supporter, fit appeler sous les murs de la forteresse Marzio et Olimpio. Pendant la nuit, tandis que son père dormait, elle leur parla d'une fenêtre basse et leur jeta des lettres qui étaient adressées à monsignor Guerra.

Au moyen de ces lettres, il fut convenu que monsignor Guerra promettrait à Marzio et à Olimpio mille piastres s'ils voulaient se charger eux-mêmes de mettre à mort François Cenci. Un tiers de la somme devait être payé à Rome, avant l'action, par monsignor Guerra, et les deux autres tiers par Lucrèce et Béatrix, lorsque, la chose faite, elles seraient maîtresses du coffre-fort de Cenci.

Il fut convenu de plus que la chose aurait lieu le jour de la Nativité de la Vierge, et à cet effet ces deux hommes furent introduits avec adresse dans la forteresse. Mais Lucrèce fut arrêtée par le respect dû à une fête de la Madone, et elle engagea Béatrix à différer d'un jour, afin de ne pas commettre un double péché[1].

Ce fut donc le 9 septembre 1598, dans la soirée, que, la mère et la fille ayant donné de l'opium avec beaucoup de dextérité à François Cenci, cet homme si difficile à tromper, il tomba dans un profond sommeil.

---

1. Note de Stendhal sur le manuscrit italien : «On traite Dieu comme un despote dont il faut ménager la vanité.Du reste, il ne s'offense qu'indirectement de l'immoralité des actions», Gallimard, «Pléiade», p. 1455.

Vers minuit, Béatrix introduisit elle-même dans la forteresse Marzio et Olimpio ; ensuite Lucrèce et Béatrix les conduisirent dans la chambre du vieillard, qui dormait profondément. Là on les laissa afin qu'ils effectuassent ce qui avait été convenu, et les deux femmes allèrent attendre dans une chambre voisine. Tout à coup elles virent revenir ces deux hommes avec des figures pâles, et comme hors d'eux-mêmes.

– Qu'y a-t-il de nouveau ? s'écrièrent les femmes.

– Que c'est une bassesse et une honte, répondirent-ils, de tuer un pauvre vieillard endormi ! la pitié nous a empêchés d'agir.

En entendant cette excuse, Béatrix fut saisie d'indignation et commença à les injurier, disant :

– Donc, vous autres hommes, bien préparés à une telle action, vous n'avez pas le courage de tuer un homme qui dort* ! bien moins encore oseriez-vous le regarder en face s'il était éveillé ! Et c'est pour en finir ainsi que vous osez prendre de l'argent ! Eh bien ! puisque votre lâcheté le veut, moi-même je tuerai mon père ; et, quant à vous autres, vous ne vivrez pas longtemps !

Animés par ce peu de paroles fulminantes, et craignant quelque diminution dans le prix convenu, les assassins rentrèrent résolument dans la chambre, et furent suivis par les femmes. L'un d'eux avait un grand clou qu'il posa verticalement sur l'œil du vieillard endormi ; l'autre, qui avait un marteau, lui fit entrer ce clou dans la tête. On fit entrer de même un autre grand clou dans la gorge, de façon que cette pauvre âme, chargée de tant de péchés récents, fût enlevée par les diables ; le corps se débattit, mais en vain.

---

* Tous ces détails sont prouvés au procès.

La chose faite, la jeune fille donna à Olimpio une grosse bourse remplie d'argent ; elle donna à Marzio un manteau de drap garni d'un galon d'or, qui avait appartenu à son père, et elle les renvoya.

Les femmes, restées seules, commencèrent par retirer ce grand clou enfoncé dans la tête du cadavre et celui qui était dans le cou ; ensuite, ayant enveloppé le corps dans un drap de lit, elles le traînèrent à travers une longue suite de chambres jusqu'à une galerie qui donnait sur un petit jardin abandonné. De là, elles jetèrent le corps sur un grand sureau qui croissait en ce lieu solitaire. Comme il y avait des lieux à l'extrémité de cette petite galerie, elles espérèrent que, lorsque le lendemain on trouverait le corps du vieillard tombé dans les branches du sureau, on supposerait que le pied lui avait glissé, et qu'il était tombé en allant aux lieux.

La chose arriva précisément comme elles l'avaient prévu. Le matin, lorsqu'on trouva le cadavre, il s'éleva une grande rumeur dans la forteresse ; elles ne manquèrent pas de jeter de grands cris, et de pleurer la mort si malheureuse d'un père et d'un époux. Mais la jeune Béatrix avait le courage de la pudeur offensée, et non la prudence nécessaire dans la vie ; dès le grand matin, elle avait donné à une femme qui blanchissait le linge dans la forteresse un drap taché de sang, lui disant de ne pas s'étonner d'une telle quantité de sang, parce que, toute la nuit, elle avait souffert d'une grande perte, de façon que, pour le moment, tout se passa bien.

On donna une sépulture honorable à François Cenci, et les femmes revinrent à Rome jouir de cette tranquillité qu'elles avaient désirée en vain depuis si longtemps.

Elles se croyaient heureuses à jamais, parce qu'elles ne savaient pas ce qui se passait à Naples.

La justice de Dieu, qui ne voulait pas qu'un parricide si atroce restât sans punition, fit qu'aussitôt qu'on apprit en cette capitale ce qui s'était passé dans la forteresse de la Petrella, le principal juge eut des doutes, et envoya un commissaire royal pour visiter le corps et faire arrêter les gens soupçonnés.

Le commissaire royal fit arrêter tout ce qui habitait dans la forteresse. Tout ce monde fut conduit à Naples enchaîné ; et rien ne parut suspect dans les dépositions, si ce n'est que la blanchisseuse dit avoir reçu de Béatrix un drap ou des draps ensanglantés. On lui demanda si Béatrix avait cherché à expliquer ces grandes taches de sang ; elle répondit que Béatrix avait parlé d'une indisposition naturelle. On lui demanda si des taches d'une telle grandeur pouvaient provenir d'une telle indisposition ; elle répondit que non, que les taches sur le drap étaient d'un rouge trop vif.

On envoya sur-le-champ ce renseignement à la justice de Rome, et cependant il se passa plusieurs mois avant que l'on songeât, parmi nous, à faire arrêter les enfants de François Cenci. Lucrèce, Béatrix et Giacomo eussent pu mille fois se sauver, soit en allant à Florence sous le prétexte de quelque pèlerinage, soit en s'embarquant à Civita-Vecchia ; mais Dieu leur refusa cette inspiration salutaire.

Monsignor Guerra, ayant eu avis de ce qui se passait à Naples, mit sur-le-champ en campagne des hommes qu'il chargea de tuer Marzio et Olimpio ; mais le seul Olimpio put être tué à Terni. La justice napolitaine avait fait arrêter Marzio, qui fut conduit à Naples, où sur-le-champ il avoua toutes choses.

Cette déposition terrible fut aussitôt envoyée à la justice de Rome, laquelle se détermina enfin à faire arrêter et conduire à la prison de *Corte Savella* Jacques et Bernard

Cenci, les seuls fils survivants de François, ainsi que Lucrèce, sa veuve. Béatrix fut gardée dans le palais de son père par une grosse troupe de sbires[1]. Marzio fut amené de Naples, et placé, lui aussi, dans la prison Savella ; là, on le confronta aux deux femmes, qui nièrent tout avec constance, et Béatrix en particulier ne voulut jamais reconnaître le manteau galonné qu'elle avait donné à Marzio. Celui-ci pénétré d'enthousiasme pour l'admirable beauté et l'éloquence étonnante de la jeune fille répondant au juge, nia tout ce qu'il avait avoué à Naples. On le mit à la question[2], il n'avoua rien, et préféra mourir dans les tourments ; juste hommage à la beauté de Béatrix.

Après la mort de cet homme, le corps du délit n'étant point prouvé, les juges ne trouvèrent pas qu'il y eût raison suffisante pour mettre à la torture soit les deux fils de Cenci, soit les deux femmes. On les conduisit tous quatre au château Saint-Ange[3], où ils passèrent plusieurs mois fort tranquillement.

Tout semblait terminé, et personne ne doutait plus dans Rome que cette jeune fille si belle, si courageuse, et qui avait inspiré un si vif intérêt, ne fût bientôt mise en liberté, lorsque, par malheur, la justice vint à arrêter le brigand qui, à Terni, avait tué Olimpio ; conduit à Rome, cet homme avoua tout.

Monsignor Guerra, si étrangement compromis par l'aveu du brigand, fut cité à comparaître sous le moindre délai ; la prison était certaine et probablement la mort. Mais cet homme admirable, à qui la destinée avait donné de savoir bien faire toutes choses, parvint à se sauver d'une façon qui

---

1. Sbire : en mauvaise part, agent de police.
2. Question : ici, torture.
3. Le château Saint-Ange : mausolée de l'empereur Hadrien devenu prison à Rome.

tient du miracle. Il passait pour le plus bel homme de la cour du pape, et il était trop connu dans Rome pour pouvoir espérer de se sauver ; d'ailleurs, on faisait bonne garde aux portes, et probablement, dès le moment de la citation, sa maison avait été surveillée. Il faut savoir qu'il était fort grand, il avait le visage d'une blancheur parfaite, une belle barbe blonde et des cheveux admirables de la même couleur.

Avec une rapidité inconcevable, il gagna un marchand de charbon, prit ses habits, se fit raser la tête et la barbe, se teignit le visage, acheta deux ânes, et se mit à courir les rues de Rome, à vendre du charbon en boitant. Il prit admirablement un certain air grossier et hébété, et allait criant partout son charbon avec la bouche pleine de pain et d'oignons, tandis que des centaines de sbires le cherchaient non seulement dans Rome, mais encore sur toutes les routes. Enfin, quand sa figure fut bien connue de la plupart des sbires, il osa sortir de Rome, chassant toujours devant lui ses deux ânes chargés de charbon. Il rencontra plusieurs troupes de sbires qui n'eurent garde de l'arrêter. Depuis, on n'a jamais reçu de lui qu'une seule lettre ; sa mère lui a envoyé de l'argent à Marseille, et on suppose qu'il fait la guerre en France, comme soldat.

La confession de l'assassin de Terni et cette fuite de monsignor Guerra, qui produisit une sensation étonnante dans Rome, ranimèrent tellement les soupçons et même les indices contre les Cenci, qu'ils furent extraits du château Saint-Ange et ramenés à la prison Savella.

Les deux frères, mis à la torture, furent bien loin d'imiter la grandeur d'âme du brigand Marzio ; ils eurent la pusillanimité de tout avouer. La signora Lucrèce Petroni était tellement accoutumée à la mollesse et aux aisances du plus grand luxe, et d'ailleurs elle était d'une taille tellement forte, qu'elle ne put supporter la question de la corde ; elle dit tout ce qu'elle savait.

Mais il n'en fut pas de même de Béatrix Cenci, jeune fille pleine de vivacité et de courage. Les bonnes paroles ni les menaces du juge Moscati n'y firent rien. Elle supporta les tourments de la corde sans un moment d'altération et avec un courage parfait. Jamais le juge ne put l'induire à une réponse qui la compromît le moins du monde ; et, bien plus, par sa vivacité pleine d'esprit, elle confondit complètement ce célèbre Ulysse Moscati, juge chargé de l'interroger. Il fut tellement étonné des façons d'agir de cette jeune fille, qu'il crut devoir faire rapport du tout à Sa Sainteté le pape Clément VIII, heureusement régnant.

Sa Sainteté voulut voir les pièces du procès et l'étudier. Elle craignit que le juge Ulysse Moscati, si célèbre pour sa profonde science et la sagacité si supérieure de son esprit, n'eût été vaincu par la beauté de Béatrix et ne la ménageât dans les interrogatoires. Il suivit de là que Sa Sainteté lui ôta la direction de ce procès et la donna à un autre juge plus sévère. En effet, ce barbare eut le courage de *tourmenter* sans pitié un si beau corps *ad torturam capillorum* (c'est-à-dire qu'on donna la question à Béatrix Cenci en la suspendant par les cheveux*).

Pendant qu'elle était attachée à la corde, ce nouveau juge fit paraître devant Béatrix sa belle-mère et ses frères. Aussitôt que Giacomo et la signora Lucrèce la virent :

– Le péché est commis, lui crièrent-ils ; il faut faire aussi la pénitence, et ne pas se laisser déchirer le corps par une vaine obstination.

---

* Voir le traité *de Suppliciis* du célèbre Farinacci, jurisconsulte contemporain. Il y a des détails horribles dont notre sensibilité du XIXe siècle ne supporterait pas la lecture et que supporta fort bien une jeune Romaine âgée de seize ans et abandonnée par son amant.

– Donc vous voulez couvrir de honte notre maison, répondit la jeune fille, et mourir avec ignominie ? Vous êtes dans une grande erreur ; mais, puisque vous le voulez, qu'il en soit ainsi.

Et, s'étant tournée vers les sbires :

– Détachez-moi, leur dit-elle, et qu'on me lise l'interrogatoire de ma mère, j'approuverai ce qui doit être approuvé, et je nierai ce qui doit être nié.

Ainsi fut fait ; elle avoua tout ce qui était vrai*. Aussitôt on ôta les chaînes à tous, et parce qu'il y avait cinq mois qu'elle n'avait vu ses frères, elle voulut dîner avec eux, et ils passèrent tous quatre une journée fort gaie.

Mais le jour suivant ils furent séparés de nouveau ; les deux frères furent conduits à la prison de Tordinona, et les femmes restèrent à la prison Savella. Notre saint père le pape, ayant vu l'acte authentique contenant les aveux de tous, ordonna que sans délai ils fussent attachés à la queue de chevaux indomptés et ainsi mis à mort.

Rome entière frémit en apprenant cette décision rigoureuse. Un grand nombre de cardinaux et de princes allèrent se mettre à genoux devant le pape, le suppliant de permettre à ces malheureux de présenter leur défense.

– Et eux, ont-ils donné à leur vieux père le temps de présenter la sienne ? répondit le pape indigné.

Enfin, par grâce spéciale, il voulut bien accorder un sursis de vingt-cinq jours. Aussitôt les premiers avocats de Rome se mirent à *écrire* dans cette cause qui avait empli la ville de trouble et de pitié. Le vingt-cinquième jour, ils parurent tous ensemble devant Sa Sainteté. Nicolo De'

---

* On trouve dans Farinacci plusieurs passages des aveux de Béatrix ; ils me semblent d'une simplicité touchante.

Angalis parla le premier, mais il avait à peine lu deux lignes de sa défense, que Clément VIII l'interrompit :

– Donc, dans Rome, s'écria-t-il, on trouve des hommes qui tuent leur père, et ensuite des avocats pour défendre ces hommes !

Tous restaient muets, lorsque Farinacci osa élever la voix.

– Très-saint-père, dit-il, nous ne sommes pas ici pour défendre le crime, mais pour prouver, si nous le pouvons, qu'un ou plusieurs de ces malheureux sont innocents du crime.

Le pape lui fit signe de parler, et il parla trois grandes heures, après quoi le pape prit leurs écritures à tous et les renvoya. Comme ils s'en allaient, l'Altieri marchait le dernier ; il eut peur de s'être compromis, et alla se mettre à genoux devant le pape, disant :

– Je ne pouvais pas faire moins que de paraître dans cette cause, étant avocat des pauvres.

À quoi le pape répondit :

– Nous ne nous étonnons pas de vous, mais des autres.

Le pape ne voulut point se mettre au lit, mais passa toute la nuit à lire les plaidoyers des avocats, se faisant aider en ce travail par le cardinal de Saint-Marcel ; Sa Sainteté parut tellement touchée, que plusieurs conçurent quelque espoir pour la vie de ces malheureux. Afin de sauver les fils, les avocats rejetaient tout le crime sur Béatrix. Comme il était prouvé dans le procès que plusieurs fois son père avait employé la force dans un dessein criminel, les avocats espéraient que le meurtre lui serait pardonné, à elle, comme se trouvant dans le cas de légitime défense ; s'il en était ainsi, l'auteur principal du crime obtenant la vie, comment ses frères, qui avaient été séduits par elle, pouvaient-ils être punis de mort ?

Après cette nuit donnée à ses devoirs de juge, Clément VIII ordonna que les accusés fussent reconduits en prison, et *mis au secret*. Cette circonstance donna de grandes espérances à Rome, qui dans toute cette cause ne voyait que Béatrix. Il était avéré qu'elle avait aimé monsignor Guerra, mais n'avait jamais transgressé les règles de la vertu la plus sévère : on ne pouvait donc, en véritable justice, lui imputer les crimes d'un monstre, et on la punirait parce qu'elle avait usé du droit de se défendre ! qu'eût-on fait si elle eût consenti ? Fallait-il que la justice humaine vînt augmenter l'infortune d'une créature si aimable, si digne de pitié et déjà si malheureuse ? Après une vie si triste qui avait accumulé sur elle tous les genres de malheurs avant qu'elle eût seize ans, n'avait-elle pas droit enfin à quelques jours moins affreux ? Chacun dans Rome semblait chargé de sa défense. N'eût-elle pas été pardonnée si, la première fois que François Cenci tenta le crime, elle l'eût poignardé ?

Le pape Clément VIII était doux et miséricordieux. Nous commencions à espérer qu'un peu honteux de la boutade qui lui avait fait interrompre le plaidoyer des avocats, il pardonnerait à qui avait repoussé la force par la force, non pas, à la vérité, au moment du premier crime, mais lorsque l'on tentait de le commettre de nouveau. Rome tout entière était dans l'anxiété, lorsque le pape reçut la nouvelle de la mort violente de la marquise Constance Santa Croce. Son fils Paul Santa Croce venait de tuer à coups de poignard cette dame, âgée de soixante ans, parce qu'elle ne voulait pas s'engager à le laisser héritier de tous ses biens. Le rapport ajoutait que Santa Croce avait pris la fuite, et que l'on ne pouvait conserver l'espoir de l'arrêter. Le pape se rappela le fratricide des Massini, commis peu de temps auparavant. Désolée de la fréquence de ces assassinats commis sur de proches parents, Sa Sainteté ne crut pas qu'il lui fût permis de pardonner. En recevant ce fatal rapport sur Santa Croce, le pape se trouvait au palais de Monte Cavallo, où il était le 6 septembre, pour être plus voisin, la matinée suivante, de l'église de Sainte-Marie-des-Anges, où il devait consacrer comme évêque un cardinal allemand.

Le vendredi à 22 heures (4 heures du soir), il fit appeler Ferrante Taverna*, gouverneur de Rome, et lui dit ces propres paroles

— *Nous vous remettons l'affaire des Cenci, afin que justice soit faite par vos soins et sans nul délai.*

Le gouverneur revint à son palais fort touché de l'ordre qu'il venait de recevoir; il expédia aussitôt la sentence de mort, et rassembla une congrégation pour délibérer sur le mode d'exécution.

Samedi matin, 11 septembre 1599, les premiers seigneurs de Rome, membres de la confrérie des *confortatori,* se rendirent aux deux prisons, à *Corte Savella,* où étaient Béatrix et sa belle-mère, et à *Tordinona,* où se trouvaient Jacques et Bernard Cenci. Pendant toute la nuit du vendredi au samedi, les seigneurs romains qui avaient su ce qui se passait ne firent autre chose que courir du palais de Monte Cavallo à ceux des principaux cardinaux, afin d'obtenir au moins que les femmes fussent mises à mort dans l'intérieur de la prison, et non sur un infâme échafaud; et que l'on fît grâce au jeune Bernard Cenci, qui, à peine âgé de quinze ans, n'avait pu être admis à aucune confidence. Le noble cardinal Sforza s'est surtout distingué par son zèle dans le cours de cette nuit fatale, mais quoique prince si puissant, il n'a pu rien obtenir. Le crime de Santa Croce était un crime vil,

---

* Depuis cardinal pour une si singulière cause. (*Note du manuscrit.*)

commis pour avoir de l'argent, et le crime de Béatrix fut commis pour sauver l'honneur.

Pendant que les cardinaux les plus puissants faisaient tant de pas inutiles, Farinacci, notre grand jurisconsulte[1], a bien eu l'audace de pénétrer jusqu'au pape ; arrivé devant Sa Sainteté, cet homme étonnant a eu l'adresse d'intéresser sa conscience, et enfin il a arraché à force d'importunités la vie de Bernard Cenci.

Lorsque le pape prononça ce grand mot, il pouvait être quatre heures du matin (du samedi 11 septembre). Toute la nuit on avait travaillé sur la place du pont Saint-Ange aux préparatifs de cette cruelle tragédie. Cependant toutes les copies nécessaires de la sentence de mort ne purent être terminées qu'à cinq heures du matin, de façon que ce ne fut qu'à six heures que l'on put aller annoncer la fatale nouvelle à ces pauvres malheureux, qui dormaient tranquillement.

La jeune fille, dans les premiers moments, ne pouvait même trouver des forces pour s'habiller. Elle jetait des cris perçants et continuels, et se livrait sans retenue au plus affreux désespoir[2].

– Comment est-il possible, ah! Dieu! s'écriait-elle, qu'ainsi à l'improviste je doive mourir ?

Lucrèce Petroni, au contraire, ne dit rien que de fort convenable ; d'abord elle pria à genoux, puis exhorta tranquillement sa fille à venir avec elle à la chapelle, où elles devaient toutes deux se préparer à ce passage de la vie à la mort.

---

1. Jurisconsulte : juriste en charge des cas difficiles.
2. Note de Stendhal sur le manuscrit italien : «En 1833, une jeune fille de cette force d'âme serait toute dignité et songerait à imiter Marie Stuart. Pour avoir la nature, il faut aller en Italie et à l'année 1599».

Ce mot rendit toute sa tranquillité à Béatrix ; autant elle avait montré d'extravagance et d'emportement d'abord, autant elle fut sage et raisonnable dès que sa belle-mère eut rappelé cette grande âme à elle-même. Dès ce moment elle a été un miroir de constance que Rome entière a admiré.

Elle a demandé un notaire pour faire son testament, ce qui lui a été accordé. Elle a prescrit que son corps fût à Saint-Pierre *in Montorio* ; elle a laissé trois cent mille francs aux Stimâte (religieuses des Stigmates de saint François) ; cette somme doit servir à doter cinquante pauvres filles. Cet exemple a ému la signora Lucrèce, qui, elle aussi, a fait son testament et ordonné que son corps fût porté à Saint-Georges ; elle a laissé cinq cent mille francs d'aumônes à cette église et fait d'autres legs pieux.

À huit heures elles se confessèrent, entendirent la messe, et reçurent la sainte communion. Mais, avant d'aller à la messe, la signora Béatrix considéra qu'il n'était pas convenable de paraître sur l'échafaud, aux yeux de tout le peuple, avec les riches habillements qu'elles portaient. Elle ordonna deux robes, l'une pour elle, l'autre pour sa mère. Ces robes furent faites comme celles des religieuses, sans ornements à la poitrine et aux épaules, et seulement plissées avec des manches larges. La robe de la belle-mère fut de toile de coton noir ; celle de la jeune fille de taffetas bleu avec une grosse corde qui ceignait la ceinture.

Lorsqu'on apporta les robes, la signora Béatrix, qui était à genoux, se leva et dit à la signora Lucrèce :

– Madame ma mère, l'heure de notre passion approche ; il sera bien que nous nous préparions, que nous prenions ces autres habits, et que nous nous rendions pour la dernière fois le service réciproque de nous habiller.

On avait dressé sur la place du pont Saint-Ange un grand

échafaud avec un cep[1] et une mannaja (sorte de guillotine). Sur les treize heures (à huit heures du matin), la compagnie de la Miséricorde apporta son grand crucifix à la porte de la prison. Giacomo Cenci sortit le premier de la prison ; il se mit à genoux dévotement sur le seuil de la porte, fit sa prière et baisa les saintes plaies du crucifix. Il était suivi de Bernard Cenci, son jeune frère, qui, lui aussi, avait les mains liées et une petite planche devant les yeux. La foule était énorme, et il y eut du tumulte à cause d'un vase qui tomba d'une fenêtre presque sur la tête d'un des pénitents qui tenait une torche allumée à côté de la bannière.

Tous regardaient les deux frères, lorsqu'à l'improviste s'avança le fiscal de Rome, qui dit :

– Signor Bernardo, Notre-Seigneur vous fait grâce de la vie ; soumettez-vous à accompagner vos parents et priez Dieu pour eux.

À l'instant ses deux *confortatori* lui ôtèrent la petite planche qui était devant ses yeux. Le bourreau arrangeait sur la charrette Giacomo Cenci et lui avait ôté son habit afin de pouvoir le *tenailler*. Quand le bourreau vint à Bernard, il vérifia la signature de la grâce, le délia, lui ôta les menottes, et, comme il était sans habit, devant être tenaillé, le bourreau le mit sur la charrette et l'enveloppa du riche manteau de drap galonné d'or. (On a dit que c'était le même qui fut donné par Béatrix à Marzio après l'action dans la forteresse de Petrella.) La foule immense qui était dans la rue, aux fenêtres et sur les toits, s'émut tout à coup ; on entendait un bruit sourd et profond, on commençait à dire que cet enfant avait sa grâce.

Les chants des psaumes commencèrent et la procession

1. Cep : pièce de fer pour attacher un prisonnier.

s'achemina lentement par la place Navonne vers la prison Savella. Arrivée à la porte de la prison, la bannière s'arrêta, les deux femmes sortirent, firent leur adoration au pied du saint crucifix et ensuite s'acheminèrent à pied l'une à la suite de l'autre. Elles étaient vêtues ainsi qu'il a été dit, la tête couverte d'un grand voile de taffetas qui arrivait presque jusqu'à la ceinture.

La signora Lucrèce, en sa qualité de veuve, portait un voile noir et des mules de velours noir sans talons selon l'usage.

Le voile de la jeune fille était de taffetas bleu, comme sa robe ; elle avait de plus un grand voile de drap d'argent sur les épaules, une jupe de drap violet, et des mules de velours blanc, lacées avec élégance et retenues par des cordons cramoisis. Elle avait une grâce singulière en marchant dans ce costume, et les larmes venaient dans tous les yeux à mesure qu'on l'apercevait s'avançant lentement dans les derniers rangs de la procession.

Les femmes avaient toutes les deux les mains libres, mais les bras liés au corps, de façon que chacune d'elles pouvait porter un crucifix ; elles le tenaient fort près des yeux. Les manches de leurs robes étaient fort larges, de façon qu'on voyait leurs bras, qui étaient couverts d'une chemise serrée aux poignets, comme c'est l'usage en ce pays.

La signora Lucrèce, qui avait le cœur moins ferme, pleurait presque continuellement ; la jeune Béatrix, au contraire, montrait un grand courage ; et tournant les yeux vers chacune des églises devant lesquelles la procession passait, se mettait à genoux pour un instant et disait d'une voix ferme : *Adoramus te, Christe*[1] !

---

1. *Adoramus te, Christe !* : «Nous t'adorons, Christ.»

Pendant ce temps, le pauvre Giacomo Cenci était tenaillé sur sa charrette, et montrait beaucoup de constance.

La procession put à peine traverser le bas de la place du pont Saint-Ange, tant était grand le nombre des carrosses et la foule du peuple. On conduisit sur-le-champ les femmes dans la chapelle qui avait été préparée, on y amena ensuite Giacomo Cenci.

Le jeune Bernard, recouvert de son manteau galonné, fut conduit directement sur l'échafaud; alors tous crurent qu'on allait le faire mourir et qu'il n'avait pas sa grâce. Ce pauvre enfant eut une telle peur, qu'il tomba évanoui au second pas qu'il fit sur l'échafaud. On le fit revenir avec de l'eau fraîche et on le plaça assis vis-à-vis la mannaja.

Le bourreau alla chercher la signora Lucrèce Petroni; ses mains étaient liées derrière le dos, elle n'avait plus de voile sur les épaules. Elle parut sur la place accompagnée par la bannière, la tête enveloppée dans le voile de taffetas noir; là elle fit sa réconciliation avec Dieu et elle baisa les saintes plaies. On lui dit de laisser ses mules sur le pavé; comme elle était fort grosse, elle eut quelque peine à monter. Quand elle fut sur l'échafaud et qu'on lui ôta le voile de taffetas noir, elle souffrit beaucoup d'être vue avec les épaules et la poitrine découvertes; elle se regarda, puis regarda la mannaja, et, en signe de résignation, leva lentement les épaules; les larmes lui vinrent aux yeux, elle dit : *O mon Dieu!... Et vous, mes frères, priez pour mon âme.*

Ne sachant ce qu'elle avait à faire, elle demanda à Alexandre, premier bourreau, comment elle devrait se comporter. Il lui dit de se placer à cheval sur la planche du cep. Mais ce mouvement lui parut offensant pour la pudeur, et elle mit beaucoup de temps à le faire. (Les détails qui suivent sont tolérables pour le public italien, qui tient à savoir toutes choses avec la dernière exactitude; qu'il suffise au lecteur français de savoir que la pudeur de cette pauvre femme fit qu'elle se blessa à la poitrine; le bourreau montra la tête au peuple et ensuite l'enveloppa dans le voile de taffetas noir.)

Pendant qu'on mettait en ordre la mannaja pour la jeune fille, un échafaud chargé de curieux tomba, et beaucoup de gens furent tués. Ils parurent ainsi devant Dieu avant Béatrix.

Quand Béatrix vit la bannière revenir vers la chapelle pour la prendre, elle dit avec vivacité :

– Madame ma mère est-elle bien morte?

On lui répondit que oui; elle se jeta à genoux devant le crucifix et pria avec ferveur pour son âme. Ensuite elle parla haut et pendant longtemps au crucifix.

– Seigneur, tu es retourné pour moi, et moi je te suivrai de bonne volonté, ne désespérant pas de ta miséricorde pour mon énorme péché, etc.

Elle récita ensuite plusieurs psaumes et oraisons toujours à la louange de Dieu. Quand enfin le bourreau parut devant elle avec une corde, elle dit :

– Lie ce corps qui doit être châtié, et délie cette âme qui doit arriver à l'immortalité et à une gloire éternelle.

Alors elle se leva, fit la prière, laissa ses mules au bas de l'escalier, et, montée sur l'échafaud, elle passa lestement la jambe sur la planche, posa le cou sous la mannaja, et s'arrangea parfaitement bien elle-même pour éviter d'être touchée par le bourreau. Par la rapidité de ses mouvements, elle évita qu'au moment où son voile de taffetas lui fut ôté le public aperçût ses épaules et sa poitrine. Le coup fut longtemps à être donné, parce qu'il survint un embarras. Pendant ce temps, elle invoquait à haute voix le nom de Jésus-

Christ et de la très-sainte-Vierge *. Le corps fit un grand mouvement au moment fatal. Le pauvre Bernard Cenci, qui était toujours resté assis sur l'échafaud, tomba de nouveau évanoui, et il fallut plus d'une grosse demi-heure à ses *confortatori* pour le ranimer. Alors parut sur l'échafaud Jacques Cenci ; mais il faut encore ici passer sur des détails trop atroces. Jacques Cenci fut assommé *(mazzolato)*.

Sur-le-champ, on reconduisit Bernard en prison, il avait une forte fièvre, on le saigna.

Quant aux pauvres femmes, chacune fut accommodée dans sa bière, et déposée à quelques pas de l'échafaud, auprès de la statue de saint Paul, qui est la première à droite sur le pont Saint-Ange. Elles restèrent là jusqu'à quatre heures et un quart après midi. Autour de chaque bière brûlaient quatre cierges de cire blanche.

Ensuite, avec ce qui restait de Jacques Cenci, elles furent portées au palais du consul de Florence. À neuf heures et un quart du soir **, le corps de la jeune fille, recouvert de ses habits et couronné de fleurs avec profusion, fut porté à Saint-Pierre *in Montorio*. Elle était d'une ravissante beauté ; on eût dit qu'elle dormait. Elle fut enterrée devant le grand autel et la *Transfiguration* de Raphaël d'Urbin. Elle était accompagnée de cinquante gros cierges allumés et de tous les religieux franciscains de Rome.

---

* Un auteur contemporain raconte que Clément VIII était fort inquiet pour le salut de l'âme de Béatrix ; comme il savait qu'elle se trouvait injustement condamnée, il craignait un mouvement d'impatience. Au moment où elle eut placé la tête sur la mannaja, le fort Saint-Ange, d'où la mannaja se voyait fort bien, tira un coup de canon. Le pape, qui était en prière à Monte Cavallo, attendant ce signal, donna aussitôt à la jeune fille l'absolution papale *majeure, in articulo mortis*. De là le retard dans ce cruel moment dont parle le chroniqueur.
**C'est l'heure réservée à Rome aux obsèques des princes. Le convoi du bourgeois a lieu au coucher du soleil ; la petite noblesse est portée à l'église à une heure de nuit, les cardinaux et les princes à deux heures et demie de nuit, qui, le 11 septembre, correspondaient à neuf heures et trois quarts.

Lucrèce Petroni fut portée, à dix heures du soir, à l'église de Saint-Georges. Pendant cette tragédie, la foule fut innombrable ; aussi loin que le regard pouvait s'étendre, on voyait les rues remplies de carrosses et de peuple, les échafaudages, les fenêtres et les toits couverts de curieux. Le soleil était d'une telle ardeur ce jour-là que beaucoup de gens perdirent connaissance. Un nombre infini prit la fièvre ; et lorsque tout fut terminé, à dix-neuf heures (deux heures moins un quart), et que la foule se dispersa, beaucoup de personnes furent étouffées, d'autres écrasées par les chevaux. Le nombre des morts fut très considérable.

La signora Lucrèce Petroni était plutôt petite que grande, et, quoique âgée de cinquante ans, elle était encore fort bien. Elle avait de fort beaux traits, le nez petit, les yeux noirs, le visage très blanc avec de belles couleurs ; elle avait peu de cheveux et ils étaient châtains.

Béatrix Cenci, qui inspirera des regrets éternels, avait justement seize ans ; elle était petite ; elle avait un joli embonpoint et des fossettes au milieu des joues, de façon que, morte et couronnée de fleurs, on eût dit qu'elle dormait et même qu'elle riait, comme il lui arrivait fort souvent quand elle était en vie. Elle avait la bouche petite, les cheveux blonds et naturellement bouclés. En allant à la mort ces cheveux blonds et bouclés lui retombaient sur les yeux, ce qui donnait une certaine grâce et portait à la compassion.

Giacomo Cenci était de petite taille, gros, le visage blanc et la barbe noire ; il avait vingt-six ans à peu près quand il mourut.

Bernard Cenci ressemblait tout à fait à sa sœur, et comme il portait les cheveux longs comme elle, beaucoup de gens, lorsqu'il parut sur l'échafaud, le prirent pour elle.

Le soleil avait été si ardent, que plusieurs des spectateurs de cette tragédie moururent dans la nuit, et parmi eux Ubaldino Ubaldini, jeune homme d'une rare beauté et qui jouissait auparavant d'une parfaite santé. Il était frère du signor Renzi, si connu dans Rome. Ainsi les ombres des Cenci s'en allèrent bien accompagnées.

Hier, qui fut mardi 14 septembre 1599, les pénitents de San Marcello, à l'occasion de la fête de Sainte-Croix, usèrent de leur privilège pour délivrer de la prison le signor Bernard Cenci, qui s'est obligé de payer dans un an quatre cent mille francs à la très sainte trinité du *pont Sixte*.

(Ajouté d'une autre main)

C'est de lui que descendent François et Bernard Cenci qui vivent aujourd'hui.

Le célèbre Farinacci, qui, par son obstination, sauva la vie du jeune Cenci, a publié ses plaidoyers. Il donne seulement un extrait du plaidoyer numéro 66, qu'il prononça devant Clément VIII en faveur des Cenci. Ce plaidoyer, en langue latine, formerait six grandes pages, et je ne puis le placer ici, ce dont j'ai du regret, il peint les façons de penser de 1599; il me semble fort raisonnable. Bien des années après l'an 1599, Farinacci en envoyant ses plaidoyers à l'impression, ajouta une note à celui qu'il avait prononcé en faveur des Cenci : *Omnes fuerunt ultimo supplicio effecti, excepto Bernardo qui ad triremes cum bonorum confiscatione condemnatus fuit, ac etiam ad interessendum aliorum morti prout interfuit*[1]. La fin de cette note latine est touchante, mais je suppose que le lecteur est las d'une si longue histoire.

---

1. Tous furent soumis au châtiment suprême, sauf Bernard, condamné aux galères et à la confiscation de ses biens; il dut aussi assister à l'exécution des autres dans la mesure où il était toujours là.

Arrêt sur lecture 3

Les Cenci s'inspire d'un manuscrit trouvé à Rome dans des archives privées. Stendhal s'intéresse davantage à la légende italienne qu'à la vérité historique d'après laquelle François Cenci n'aurait pas abusé de sa fille. Notre nouvelle aborde le problème de la justice humaine, à travers le cas complexe d'une famille persécutée par l'autorité, religieuse et paternelle. Ce schéma narratif innerve la plupart des récits de Stendhal. Il acquiert ici une résonance neuve, car l'histoire s'inspire d'une tragédie familiale : le meurtre du père par une pure jeune fille, forte de son droit à la liberté de mouvement et à la maîtrise de son corps. Elle est coupable sans être vraiment responsable de ce crime qui élimine un monstre moral : son propre père. Le pouvoir terrestre de sa Sainteté s'avère impuissant à protéger les innocents.

Le don Juan stendhalien

Elvire s'appelle Béatrix

Les Cenci paraît le 1er juillet 1837, sans signature d'auteur. Stendhal aura mûri dix ans l'impression, ressentie en 1827, devant ce qu'il croit être le portrait de Béatrix Cenci, par Guido Reni (voir p. 142). En visitant la galerie Barberini, à Rome, il est frappé par son visage altier et sensible. Le tableau de Reni intéresse notre auteur parce qu'il confère une dimension esthétique à une jeune fille devenue une allégorie d'un abus de pouvoir politique. Béatrix Cenci, héroïque devant la mort, représente pour Stendhal la figure de l'innocence bafouée, alors même que Clément VIII, le pape régnant, semble incarner un pouvoir politique relativement juste. En 1833, la découverte du manuscrit romain catalyse le processus amorcé par l'admiration esthétique. Dans la version qu'il en donne, Stendhal fait de son don Juan italien un pervers violent qui se permet tout.

Ce faisant, Stendhal répond, sur le plan narratif et esthétique, à la question morale qui se posait à lui dès 1827 : qu'est-ce qui peut pousser un homme politique droit, scrupuleux et intègre comme Clément VIII à commettre une injustice ? à punir les enfants de s'être défendus contre un monstre moral que la société elle-même n'a pas su éliminer ? Le système qui lui impose de donner des exemples, en référence à des règles formalistes et hypocrites. Pour Stendhal, Sixte Quint fut le seul grand pape (*Promenades dans Rome*) :

« Félix Peretti est le seul homme supérieur qui ait occupé la chaire de saint Pierre depuis que Luther a fait peur aux papes. »

Dans *Les Cenci*, Stendhal relit un manuscrit italien, une chronique évoquant un fait divers survenu au tournant des XVe et XVIe siècles ; il en produit une version révélatrice de ses propres centres d'intérêt. Même si elle ne prend pas les dimensions du *Rouge et le Noir*, amplification de deux faits divers tragiques contemporains, l'interprétation stendhalienne de l'histoire des Cenci vise une pratique atemporelle : l'oppression des êtres dans leur droit par un pouvoir incapable. Pour lui, la papauté représente un pouvoir faible, exercé par des bigots ; à l'instar de la Restauration française, elle laisse le champ libre au droit du plus fort. Comme Julien Sorel, le héros du *Rouge et le Noir*, Béatrix se montre stoïque devant la mort, car rien ne la retient dans une société sans valeurs. Ainsi, dans le fait divers, ce qui intéresse Stendhal, c'est l'universel existentiel, autrement dit ce qui relève non d'une politique historiquement datée mais de la politique en soi, du juste et de l'injuste ; en l'occurrence, *Les Cenci* administre la preuve que la justice arase les différences et détruit les êtres d'élite pour faire un exemple, édifier les masses : l'hommage rendu au héros cède la place à un égalitarisme formaliste, impuissant à donner des raisons d'exister.

La force inspiratrice de l'art

La version stendhalienne de l'histoire s'inspire de sa passion pour le mythe de don Juan et de son intérêt pour Reni, un de ses peintres italiens préférés. Elle restitue l'émotion que procure l'art à son auteur. Persuadé d'avoir contemplé le portrait de Béatrix, Stendhal a dû se sentir comme porté par des œuvres aussi sublimes que celles de Reni et de Mozart.

Guido Reni (1575-1642) n'a pas pu portraiturer Béatrix Cenci avant son exécution puisqu'il ne se trouvait pas à Rome à ce moment-là. Sa tête de Sibylle date des années 1635-1636. Stendhal apprécie l'art du peintre qui, pour lui, atteint une beauté sublime qui met en « sympathie avec une puissance que nous voyons terrible ». D'origine orientale, la sibylle jouait un rôle de devineresse à Athènes comme à Rome ; sur la toile de Reni, la position de ses mains accompagne le récit de ses inspirations prophétiques. Saint Augustin introduisit la sibylle dans la tradition chrétienne au même titre que les prophètes, car elle annoncerait aussi la venue du Christ. Nous comprenons mieux, alors, la valeur fantasmatique de ce tableau pour Stendhal l'incroyant : il fait de la femme, ici Béatrix (qui porte le même prénom que la dame aimée par Dante), une médiatrice entre le ciel et la terre, entre l'infini de la beauté, de l'héroïsme, et la bassesse de l'ici-bas. Béatrix incarne une allégorie de l'exigence idéale, mais elle est fille d'un monstre d'égoïsme. Qu'est-ce à dire ? sinon que, comme le dira Baudelaire, les fleurs naissent souvent du mal…

Les Cenci montre, dans un premier temps, un don Juan passant en jugement devant la postérité et, en l'occurrence, sa propre descendance ; puis, dans un deuxième temps, la nouvelle traite des problèmes que rencontre la justice en général : qu'en est-il de la justice ? humaine et divine ? Opérant un retournement des perspectives, Stendhal, à son tour, instrumentalise François Cenci, dont il fait un avatar de don Juan,

Mozart écrivant *Don Giovanni*, une des déclinaisons du mythe de don Juan.

en le présentant comme un faire-valoir de sa fille, Béatrix, incarnation de l'oblation qui est pour lui le don qui n'a pas de prix. Cette nouvelle sainte se révèle capable de dominer moralement la situation.

La version noire du *Don Giovanni* de Mozart

Dans le manuscrit italien, Stendhal n'a pas pu trouver de relation entre François Cenci et la figure de don Juan. Cette collusion entre ce personnage historique de sinistre mémoire et le mythe rend compte du fait que notre auteur est séduit, fasciné et horrifié tout à la fois, par la monstruosité morale transfigurée par l'opéra de Mozart. Ainsi, la figure historique de Béatrix se trouve éclairée, pour lui, par la double lumière de son opéra et de son peintre favoris.

L'introduction de notre nouvelle éclaire le principe du rapprochement que nous venons de signaler. En effet, dans la présentation (p. 133 à p. 144), Stendhal situe son propos dans un contexte socioculturel donné : la culture occidentale et son soubassement chrétien. La référence au mythe de don Juan explique comment il a relu le manuscrit italien sur les Cenci et leur légende. Pour lui, la religion est responsable de crimes aussi monstrueux que le parricide et, encourageant à l'hypocrisie, elle manque sa vocation essentielle : éclairer les hommes sur la vérité et rendre la justice.

Puis, le récit se décompose en deux grandes parties, de longueur à peu près semblable. La première retrace, d'abord (p. 145 à p. 158), la vie d'un homme infâme – d'après le manuscrit italien, il aurait pratiqué la sodomie et la pédérastie, éléments à charge que Stendhal évoque par euphémisme ; lorsqu'il refuse de le condamner à mort pour ne pas satisfaire des « enfants dénaturés », le pape ne remplit pas son devoir d'assistance à personne en danger. Par voie de conséquence, dans un deuxième temps, la famille Cenci ourdit une conspiration à l'encontre de son persécuteur, coupable d'inceste et d'abus manifeste d'autorité : le projet est mis à exécution le 9 septembre 1598 (p. 156).

La deuxième partie (p. 159 à p. 175) retrace les étapes du jugement, de l'emprisonnement et, enfin, le dénouement tragique. De fait, Stendhal mène l'action sur un rythme soutenu jusqu'au coup de théâtre qui accélère encore l'action et entraîne la condamnation à mort des protagonistes : le 6 septembre 1599, soit un an après le crime ; après cette date, les événements se précipitent jusqu'à l'exécution des Cenci, le samedi 11, puis la libération du jeune Bernard, le mardi 14. Ces détails produisent des effets de réel nécessaires pour mettre en évidence le caractère inhumain de décisions prises pour le principe et non proportionnelles à la faute commise.

Le don Juan de Stendhal, une figure de la décadence culturelle

Stendhal défend une interprétation pertinente (et moderne) de la figure mythique qu'est devenue don Juan. Il le replace dans son contexte religieux d'origine et arrache le mythe à la lecture qu'en donnent les romantiques qui sauvent don Juan de la damnation. À l'inverse, pour Stendhal, il incarne la négation absolue, la volonté de puissance machiavélique, qui agit dans une époque en décadence morale, privée de tout repère et utilisant même les anciennes valeurs éthiques pour mieux les réduire à néant. Ainsi, ses enfants se débarrassent de lui pour échapper à sa tyrannie et à ses exigences immorales ; mais, au lieu de les protéger, la société les punit au nom d'une représentation illusoire de l'amour filial. Rappelons-nous que François Cenci a toujours détesté ses enfants. Il a pris conscience de l'outil politique, du levier que peut représenter la religion : il la manipule et lui dénie toute dimension spirituelle.

La morale et la justice en question

Véritable monstre moral, François Cenci représente, pour Stendhal, une allégorie de l'oppression sociale. En effet, la société l'a fait naître et l'a protégé. La plus haute autorité morale de la Chrétienté, le pape, n'a jamais rien fait pour l'empêcher de commettre ses crimes et, en outre, il punit ses victimes, contre l'avis du peuple et de ses juges. Les Cenci interroge le rapport des puissants à l'éthique. Rome devient un véritable actant, qui laisse éclore et se développer le germe de la monstruosité pour en devenir la spectatrice impuissante.

Comment une société peut-elle produire un monstre moral ?

La généalogie du mal – Le grand-père de Béatrix exerça les fonctions de ministre des Finances et il a profité de la vacance du pouvoir exercé par Pie V pour pratiquer la concussion. François Cenci bénéficie donc d'une fortune amassée grâce à des malversations doublement immorales. À l'enrichissement personnel de son père, il fait succéder la pratique de la débauche et une surenchère dans le libertinage.

Pourquoi personne ne l'a-t-il inquiété ? C'est que l'argent, répond Stendhal, est le maître de l'opinion. François Cenci achète les courtisans dont la corruption lui permet d'afficher en toute impunité un comportement scandaleux. On peut tout faire avec de l'argent en l'absence de loi. En effet, le successeur de Pie V n'est autre que Grégoire XIII dont Stendhal retient dans *Promenades dans Rome* un trait éclairant : « Il se réjouit de la Saint-Barthélemy », autrement dit du massacre des protestants. Après lui vient Sixte Quint, excessivement sévère d'après *Les Cenci* (p. 148). D'un excès à l'autre, le gouvernement des papes se caractérise par l'absence réelle de loi. Enfin, troisième et dernière explication possible : l'opinion excuse les frasques dont les hommes se rendent coupables alors qu'elle accable une femme libertine. En fait de punition, sa débauche lui vaut l'admiration de tous.

La monstruosité – La monstruosité morale de François Cenci s'explique par l'immoralité de sa famille, de la société et de son caractère. Elle se caractérise par l'absence de repères et s'exprime dans la surenchère. Cenci manifeste des prédispositions extraordinaires ; c'est un être qui, dans l'excès, surpasse tout le monde : « Cet homme, qui, l'on ne peut le nier, avait reçu du ciel une sagacité et une bizarrerie étonnantes […]. » Plus loin, il « avait une réputation de courage et de prudence à laquelle dans son jeune temps, aucun autre Romain ne put atteindre […] ». En filigrane, la narration pose le problème suivant : est-ce que les êtres d'exception ne seraient pas condamnés à devenir des monstres dans une société qui ignore le génie et l'héroïsme ?

Quels sont les « vices » de François Cenci ? Agnostique, sodomite, violent, rancunier, père dénaturé, etc. Incapable de la moindre vertu, inaccessible à l'idéal, il recherche des sensations physiques de plus en plus fortes; il pratique une démesure dans la débauche et la provocation qui pose le problème des limites. Il va jusqu'à espérer la mort de tous ses enfants. Il semble attendre une réaction des puissants qu'il défie. Pour affirmer le droit du plus fort, avec une violence grandissante, il affiche son athéisme à une époque où, précisément, les papes persécutent les incroyants. Chose notable, il n'est pas inquiété pour son irréligion mais pour sa pratique jugée contre nature de la sodomie. Là encore, il achète les puissants. Car pour Stendhal, le pouvoir corrompt.

François Cenci, un indigne tyran domestique

Détenteur d'une autorité illégitime, François Cenci n'assume pas la fonction de protecteur de ses enfants. Fort riche, il ne donne à ses fils aucun moyen de s'instruire et, dans une société violente, ne leur accorde aucune protection; aussi deux d'entre eux connaissent-ils une mort terrible. Stendhal présente toujours l'autorité paternelle comme abusive. François Cenci asservit toute sa famille à ses désirs et incarne le mari abusif. Stendhal s'indigne de la tyrannie qui pèse sur les femmes dont il défend la condition à diverses reprises. Dans *De l'amour*, il mène un ardent réquisitoire à l'encontre des tyrans domestiques qui, par crainte de voir leurs femmes se montrer supérieures à eux, préfèrent les maintenir dans la soumission et l'esclavage en s'autorisant de prétendus préceptes religieux.

La justice à Rome

Le thème de l'enfermement – Dès la fin du XVIIIᵉ siècle, des romanciers anglais font du château gothique une représentation spatiale de l'enfermement idéologique qui caractérise leur société. Leurs fictions inspirent les romanciers français de la première génération romantique. Dans *Les Cenci*, la continuité entre la forteresse, authentique, de la Petrella et le château Saint-Ange témoigne d'une inscription dans le cadre de cette représentation de la prison psychologique. Stendhal se montre très peu intéressé par les développements sadiens que pourraient susciter les lieux clos; il reste très discret sur les pratiques sexuelles de François Cenci. La monstruosité, pour lui, se trouve dans le traitement inhumain imposé à l'ensemble de la famille, la domination abusive, la privation de liberté, etc.

Pouvoir mondain et pouvoir spirituel – Stendhal s'intéresse de très près au pouvoir temporel de la religion. Il affirme un anticléricalisme forcené. Mais il reconnaît aussi que le christianisme a pu contribuer au progrès, notamment par le biais du mécénat qui favorise le développement des talents. Dans *Les Cenci*, il observe que le pape détient un double pouvoir, mondain et spirituel. Alors que les juges font montre d'un certain acharnement judiciaire à l'encontre de faibles femmes qui n'ont fait que se défendre, Clément VIII, « doux et miséricordieux » (p. 165), commence par être à la fois juste et équitable. Il est prêt à accorder son pardon alors même que le parricide constitue un crime grave. Mais la tragédie se noue à cause d'un retournement de situation : la mort violente de la marquise Santa Croce, assassinée par son fils qui voulait s'emparer de son héritage.

Dès lors, les événements se précipitent : le pape ne consulte plus ses conseillers ; agissant sous le coup de l'émotion, il émet un jugement non tant en fonction de considérations morales, atténuant l'importance du crime, qu'en référence à l'exemplarité de la peine. En effet, la justice pénale administre des sanctions pour punir l'infraction à la loi commune, mais aussi pour édifier la collectivité. En ce sens, le pape agit en tant que juge suprême pour inciter les Romains à respecter la loi et, en tant qu'autorité spirituelle, il laisse à Dieu le soin d'accueillir ses créatures dans l'au-delà.

La figure mythique et héroïque de Béatrix Cenci

Les Cenci appartiennent au deuxième temps de la création romanesque stendhalienne, dominé par *La Chartreuse de Parme*. L'intrigue saisit les personnages, autrement dit la famille Cenci, au terme d'une sombre histoire de meurtre. La localisation dans l'espace renvoie au motif stendhalien par excellence : la prison.

Le crime fantasmatique : le meurtre du père

Dans *Les Cenci*, les protagonistes passent de prison en prison. Dans la forteresse de la Petrella, se fomente et se consomme le crime. Le châ-

Portrait de Sibylle par Guido Reni que Stendhal croyait être celui de Béatrix Cenci. En réalité, ce portrait représente une sibylle, et non la jeune héroïne de Stendhal. Il donne lui-même la clef de ses inclinations esthétiques : « Quand vous approcherez les artistes célèbres, vous serez surpris d'une chose : leurs jugements les uns sur les autres ne sont que des CERTIFICATS DE RESSEMBLANCE » (*Promenades dans Rome*).

teau Saint-Ange, mausolée de l'empereur romain Hadrien, devenu prison, réunit les deux figures de l'Empire et de la papauté ; il symbolise le contre-point spatial du Vatican et représente le lieu d'où Béatrix sort pour être transfigurée.

La mise à exécution – Comme Julien Sorel, comme Fabrice del Dongo, Béatrix Cenci incarne une âme sublime : cette fille supérieure se dresse contre toutes les figures de l'autorité, celle du pape et celle de son père. Elle incarne la faiblesse devenue force dénonciatrice des abus. Elle refuse l'oppression paternelle et prend l'initiative de l'action grâce à monseigneur Guerra, qui lui permet de sortir de son isolement – mais son « amour » ne survit pas à la dénonciation puisqu'il s'enfuit pour sauver sa vie et abandonne la famille Cenci à son triste sort. Un premier projet échoue, comme pour témoigner de la difficulté à vaincre le

185

méchant et l'obstination de Béatrix; elle n'agit pas seule, mais elle se montre supérieure aux autres dans l'action : en dépit de sa prodigieuse défiance, elle parvient à lui administrer de l'opium, puis, alors que les deux tueurs à gages n'osent plus tuer le vieillard endormi, elle éteint en eux tout sentiment d'humanité avec de l'argent.

Les ressorts du tragique – Stendhal semble assez proche du manuscrit italien. Le narrateur insiste sur l'objectivité de son récit puisqu'il se présente comme un témoin oculaire de l'histoire. Il précise le déroulement des événements et les dates pour ménager le suspens bien qu'il entame son récit sur l'annonce de sa fin tragique. Le dénouement est connu à l'avance : seuls les moyens pour y parvenir peuvent inspirer l'intérêt du lecteur. Le tragique s'accroît à cause de la passivité forcée des protagonistes, dont le sort dépend de faits extérieurs (l'arrivée des tueurs), puis, après la découverte du crime, des discussions entre spécialistes, avocats et juges. Quand tout semble terminé, le retournement de situation entraîne la décision inébranlable et unilatérale du pape. La condamnation à mort immédiate s'accompagne de la transfiguration esthétique de l'héroïne, victime d'un système dont les rouages échappent à la maîtrise humaine.

Une héroïne de légende

À Rome, la malheureuse Béatrix Cenci est devenue une véritable légende et l'on célèbre toujours la disparition de la jeune victime. Stendhal lui donne seize ans, la légende italienne vingt-deux; elle est courageuse : elle n'avoue le crime que sous la torture et, impavide, elle marche avec force vers le lieu de sa mort. Lors de son exécution, elle manifeste un courage admirable. En elle se conjugue la manifestation sublime de la valeur et le refus de la bassesse. Elle ne se contente pas de nier, elle donne un modèle et administre une leçon morale, différente de celle qu'espérait imposer l'autorité du pape. Innocente, Béatrix Cenci prouve, par sa mort, l'insuffisance de la société à reconnaître la vraie valeur.

La légende italienne rapproche Béatrix de ces martyres dont l'hagiographie édifie les fidèles; aujourd'hui encore, la Confraternita dei Vetturini fait célébrer une messe anniversaire de sa mort. Sur un plan plus esthétique que religieux, Stendhal fait de Béatrix une héroïne sublime ; pour lui, on ne peut agir qu'en se commettant avec les puissances mondaines. Béatrix connaît une fin édifiante mais pas dans le sens où l'entendait Clément VIII. Elle impose le respect aux Romains et elle trouve une forme d'immortalité dans l'art qui la constitue en figure esthétique comme en témoigne la présence de la toile de Raphaël, *La Transfiguration*, où le Christ s'élève vers le ciel divin. Sur le plan humain, la force de l'événement se traduit aussi par ses répercussions sur l'assistance et les morts de jeunes gens qui semblaient protégés par le sort. Ainsi le supplice de Béatrix acquiert une signification générale et constitue un avertissement : nul n'est à l'abri des aléas de la fortune.

à vous...

1 – **La conspiration. Que fait Monsignor Guerra pour aider Béatrix ? Pourquoi l'aide-t-il ? Détaillez les phases de son action et dites comment elle se termine.**

2 – **Les différentes péripéties. Qu'appelle-t-on une péripétie ? Que fait le principal juge de Naples ? Pourquoi ? Qu'est-ce qui cause la fuite de Monsignor Guerra ? Quel rôle joue Ulysse Moscati dans l'histoire des Cenci ? Pourquoi le pape se saisit-il de l'affaire ? Qui est Constance Santa Croce ? Quelle influence cette personne exerce-t-elle sur le destin de Béatrix et de sa famille ? Quelle fonction attribuez-vous à la présence d'Ulysse Moscati et de Constance Santa Croce dans la progression dramatique du récit ?**

3 – **Le jeu sur la voix narrative. Qu'appelle-t-on «narrateur-témoin» et «narrateur-acteur» ? À quelle catégorie appartient le narrateur des *Cenci* ? Pourquoi Stendhal le met-il en scène de manière insistante ?**

4 – **Qu'est-ce qu'un mythe ? Que savez-vous du mythe de don Juan ?**

5. **Sujet de rédaction. Mettez-vous à la place du narrateur témoin**

des faits relatés dans la nouvelle. Racontez au style direct, à votre choix, soit le crime, soit le jugement, soit l'exécution de Béatrix. Inventez, au besoin, une nouvelle fin en suggérant une explication à ce dénouement.

6 – Nous vous invitons à lire *L'Abbesse de Castro* et à faire une fiche de lecture en vous proposant les axes suivants : En quoi peut-on qualifier ce texte de petit roman tragique ? Étude du narrateur et des personnages. Le motif de la lettre dans *L'Abbesse*.

Bilans

L'esthétique de la nouvelle

Nouvelle et roman : une même inspiration mais une intrigue plus ou moins dynamique

Pour les contemporains du xxie siècle, le xixe siècle consacre, en France, le triomphe de la prose au détriment des genres poétique et dramatique. Stendhal occupe une place importante dans cette production en tant que romancier et nouvelliste. Néanmoins, il s'intéresse au genre romanesque assez tard puisqu'il entame sa « carrière » au tournant des années 1829-1830, à quarante-six/sept ans. Sa création romanesque se limite à deux grands romans, *Le Rouge et le Noir* ainsi que *La Chartreuse de Parme*, et un court roman manqué, *Armance*. Mais, toute sa vie, Stendhal n'a cessé d'écrire : des textes autobiographiques, des projets plus ou moins poussés, des textes courts, des essais, etc. De fait, cette « circulation » entre l'essai, l'écriture de soi, la production romanesque confère une forte unité à l'ensemble de son œuvre.

La rédaction des nouvelles *Vanina Vanini* et *Mina de Vanghel* est contemporaine de la gestation du roman intitulé *Le Rouge et le Noir* (1829-1830); celle des *Cenci* se situe lors du second temps fort de la création romanesque de Stendhal : le moment où il conçoit, dicte et publie *La Chartreuse de Parme* (1838-1839). Les romans et les nouvelles entrent dans un système d'échos dont nous reparlons plus loin. Concernant, à présent, le second massif, la question se pose de savoir pourquoi tel document peut inspirer à l'auteur un roman plutôt qu'une nouvelle, et inversement. En effet, parmi les manuscrits italiens, une seule chronique, *Origine delle grandezze della famiglia Farnese,* fournit à

Stendhal la source de *La Chartreuse de Parme*. Les autres chroniques ne lui inspirent que des récits courts ou des ébauches. Faut-il en conclure que, chez Stendhal, la nouvelle constitue un roman bref ? Et donc la ravaler au niveau de « petit roman » et, de la sorte, lui dénier toute originalité structurelle ? La question de la longueur constitue un critère nécessaire mais pas suffisant pour distinguer le roman de la nouvelle.

Le narrateur de la nouvelle : un conteur omniscient

Rappelons, pour mémoire, qu'on peut définir un roman comme le résultat de la mise en récit d'une histoire, réelle et/ou imaginaire. Voyons, à présent, quelle définition en donne Stendhal. « Un roman, c'est un miroir qu'on promène le long d'un chemin. » Une interprétation réductrice de cette citation, fort célèbre, du *Rouge et le Noir* pourrait inciter le lecteur à qualifier de réaliste l'art de Stendhal. Or, ce dernier ne se donne pas pour projet de représenter la réalité contemporaine dans sa totalité – projet irréalisable car toute représentation du réel s'avère orientée : qui tient, en effet, le fameux « miroir » si ce n'est l'auteur ? ainsi, toute narration dépend d'un point de vue déterminé. Dans la nouvelle, il s'agit de celui du narrateur. Cette structure dialoguée se conjugue avec la pratique stendhalienne de la satire qui rapporte souvent une histoire. En filigrane, la nouvelle ouvre, comme la fable, sur la suggestion d'une morale. Stendhal développe, en effet, une éthique de l'exigence personnelle.

L'omniprésence du conteur et la distanciation critique instaurent, au cœur de la narration, un dialogue entre les époques et les cultures, entre la Renaissance et le XIXe siècle, entre la France et l'Italie ainsi que l'Allemagne – ou, mieux, entre une réalité monotone et un espace-temps imaginé par Stendhal, celui d'une Italie passionnée et héroïque ou d'une Allemagne sentimentale. En effet, dans les nouvelles du présent recueil, l'action se situe surtout à l'étranger, en Italie ou en Allemagne. Dans *Mina de Vanghel*, la France est vue à partir du point de vue prêté à une jeune Germanique, ce que Stendhal justifie ainsi dans une note :

❰❰ Décrire les mœurs est froid dans un roman. C'est presque moraliser. Tournez la description en étonnement, mettez une étrangère qui s'étonne, la description devient un sentiment. Le lecteur a quelqu'un avec qui il peut sympathiser. »

La nouvelle sentimentale : une tragédie de la passion héroïque

La diversité de ses sujets et de ses formes interdit de donner une définition normative, forcément réductrice, de la nouvelle. Néanmoins, le présent recueil trouve son unité thématique dans le traitement héroïque de la passion amoureuse.

Centrée sur un sujet précis, dotée d'une unité d'intérêt intense, tels *Vanina Vanini* et *Les Cenci*, la nouvelle reproduit le récit d'une crise très proche de la tragédie et possède la force et l'unité d'impression du drame. Dans son étude *L'Art de la fiction,* le romancier et nouvelliste américain, Henry James (1843-1916) évoque l'illumination subite, la prise de conscience éclairante et brève de certaines réalités que l'auteur de nouvelles capte et suggère, sans les figer, dans ses récits. De fait, chez Stendhal, le coup de foudre passionnel trouve logiquement un mode d'expression privilégié dans le récit bref. Mais des nouvelles comme *L'Abbesse de Castro*, ou *Mina de Vanghel*, peuvent être mises en relation avec le roman : la narration prend l'allure d'une histoire courte, certes, mais se déroule sur une période relativement ample, avec un début, un développement et une fin. Dans son œuvre, cette mise en récit traduit la conception du processus de l'enamoration analysée dans son essai *De l'amour*. Enfin, ses personnages incarnent des héros mythiques d'une pureté presque sauvage, exigeant le sacrifice de sa personne non tant à ses idées qu'à sa vérité intérieure. Les individus réels, parmi ceux dont les manuscrits italiens racontaient les histoires, se trouvent absorbés dans l'univers intérieur de l'auteur.

La satire et la double focalisation du récit

Pour Stendhal, l'esthétique du roman répond à une exigence satirique ; dans une marge du manuscrit italien de la nouvelle intitulée *Vittoria Accoramboni*, il écrit :

« Où est l'*intérêt* ; où est la *satire*, bases of every novel ? Je ne suis pas en peine d'un succès vulgaire. Mais où l'auteur qui n'est pas antiquaire, prendrait-il des détails vrais et en nombre illimité ? Non. Ceci n'est qu'une nouvelle good for la *Revue of Paris* quand Dominique sera libre. **》**

Dans cette citation, il se désigne lui-même par un de ses pseudonymes, « Dominique », et, pour mieux prendre ses distances avec ses propres pratiques esthétiques, il mêle l'anglais au français. Il collaborait à des publications anglaises ; *novel* en anglais signifie « roman ». Ainsi, la spécificité du roman, par rapport à la nouvelle, consisterait, d'après lui, à développer une ample fresque satirique de la réalité, transcription alimentée par une foule de détails authentiques et ancrés dans la réalité contemporaine. La critique s'avère indissociable de tout succès non « vulgaire ». Dans ses nombreux textes autobiographiques, Henri Beyle analyse ses propres expériences tout en adoptant une perspective ironique et amusée. De même, dans sa création romanesque, un narrateur omniprésent – et le plus souvent omniscient – commente, sans cesse, le déroulement de l'action en se permettant des jugements d'autant plus ironiques qu'il noue avec les héros des relations de sympathie. Donc, la narration stendhalienne se déroule suivant un double plan de perception : le récit et son commentaire permanent. Elle souligne la naïveté, la candeur de protagonistes purs dans un monde inauthentique. En cela, cette esthétique s'avère très moderne.

Faut-il considérer que les propositions émises ci-dessus s'appliquent au seul roman stendhalien ? Qu'en est-il de la nouvelle ? et, plus précisément, des récits réunis dans le présent ouvrage ? La présence d'un narrateur, témoin et commentateur des faits, est liée au mode narratif de la nouvelle. En effet, la confusion sémantique entre conte et nouvelle renvoie au même procédé narratologique : le recours à un narrateur ; celui de Stendhal tient des propos mordants sur la société contemporaine ; en outre, dans *Les Cenci*, il anticipe l'évolution tragique du récit. Cependant, il n'exerce pas l'ironie, à la fois tendre et critique, qui, dans *Le Rouge et le Noir* et *La Chartreuse de Parme*, contribue à relativiser les illusions des jeunes héros, idéalistes jusqu'à la naïveté.

Dans ses romans, Stendhal pratique un réalisme critique et la présence d'un narrateur lui permet de souligner le décalage entre la médiocrité contemporaine et les êtres d'exception, mus par une énergie remarquable. Le double foyer de perception diffracte la représentation des protagonistes. Par l'ironie, l'auteur prend ses distances vis-à-vis des préjugés, des idées reçues qui ravalent l'individu au niveau des modèles communs. La nouvelle se caractérise, elle, par la mise en perspective implicite de la réalité contemporaine du prétendu traducteur (plan de la rédaction) et des faits évoqués dans l'histoire (niveau de l'histoire) par un narrateur toujours étranger : danois (*Mina de Vanghel*) ou italien (*Vanina Vanini*, *Les Cenci*) ; la distance dans l'espace peut aussi se doubler d'un éloignement dans le temps qui contribue encore à souligner l'écart entre le monde réel, celui auquel il faut bien se résoudre, et l'espace rêvé de l'idéal, à jamais révolu. De fait, Stendhal n'a jamais pensé que les manuscrits italiens qu'il a achetés reflétaient la réalité historique ; lui-même invente un prétendu auteur danois de *Mina de Vanghel* dont il se présente comme le traducteur. Il s'intéresse au potentiel créateur des représentations idéales ; telles qu'il les imagine, elles possèdent l'énergie de la nature brute.

Comment parvenir au bonheur ?

La question de l'identité découle de la quête du bonheur

Dans sa *Vie de Henry Brulard*, une sorte d'autobiographie, Stendhal relève cette contradiction personnelle :

《 Alors j'étais ou me croyais ambitieux, ce qui me gênait dans cette idée c'est que je ne savais quoi désirer. **》**

Que faut-il désirer ? Pour le savoir, il faudrait se connaître. Ainsi, le problème central reste la question de l'identité ; extrémistes par nature, les héros stendhaliens refusent tout compromis et n'hésitent pas à recourir à la force pour parvenir à leur but – dont la narration, ironique mais tendre, laisse entendre à quel point, trop souvent, il relève de la construction imaginaire dans un monde où les âmes d'élite se sentent étrangères à elles-mêmes, et pas seulement au monde comme le dirait tout bon romantique. Aussi les questions de morale et d'esthétique renvoient-elles, dans l'œuvre de Stendhal, à une interrogation sur la politique : quelle société permet à l'être de satisfaire ses aspirations les plus légitimes, essentielles ?

Peut-on se réaliser comme individu dans la société moderne ?

Républicain dans l'âme, Stendhal exerce des fonctions assez importantes sous l'Empire, dont la chute le laisse sans emploi et réduit à sa demi-solde. Au retour des nobles jusqu'alors émigrés à l'étranger, il se considère comme en exil dans son propre pays et ne reconnaît d'autre patrie que celle des âmes passionnées. Déjà, d'ailleurs, sous le règne de Napoléon, « le temps est passé d'être républicain ». Pour Stendhal, la société interdit aux êtres de valeur la réalisation de soi. Sous la Restauration, l'individualisme, le culte de l'argent, la vanité bourgeoise instaurent la domination des médiocres. Stendhal se détourne de la politique et s'engage dans l'action littéraire : c'est dans le domaine esthétique qu'il va transposer sa vision du monde.

Dans les nouvelles de notre recueil, les héros se moquent de l'ordre établi : les êtres forts comme Missirilli ou Jules Branciforte se battent contre lui ; les riches utilisent leur fortune pour manipuler les grands (comme Vanina Vanini séduisant le cardinal légat), pour acheter les puissants (on se rappelle les exactions de François Cenci et les pratiques corruptrices de Victoria Campireali) ou pour instrumentaliser les hommes (on pense à M. de Ruppert dans *Mina de Vanghel*) qu'ils méprisent.

La morale en question

Les choix existentiels – Qu'est-ce que la valeur ? l'idéal ? Qu'est-ce qui peut nous donner des raisons d'exister ? Pour Stendhal, la réponse est double : l'amour et la dignité humaine – dans ses rapports à l'idéal et à la liberté. De manière générale, les protagonistes des nouvelles optent pour l'un et l'autre, mais peut-on vivre selon ses idéaux ? ou doit-on se résoudre à les considérer comme irréalisables ? Il semble bien que l'amour s'avère souvent incompatible avec l'idéal libertaire chéri par le héros stendhalien dès lors confronté à un dilemme dans la mesure où il ne parvient plus à maintenir ensemble ses deux exigences.

Le clergé est-il un exemple moral ? – Qu'est-ce que la loi ? Qu'est-ce qui la fonde ? On vient de le voir, pour Stendhal, les politiques de son temps ne possèdent aucune légitimité. En outre, pour lui, la religion ne représente qu'une vaste entreprise de manipulation des esprits. Dans *Vanina Vanini*, les prêtres sont des espions à la solde du pouvoir. Cette critique du clergé s'inscrit dans le cadre d'une représentation réaliste. Plus profondément, Stendhal suggère que, en matière de droit pénal, le pouvoir politique doit dissocier l'évaluation de la peine en fonction du crime et l'exemplarité du châtiment. En effet, dans les nouvelles italiennes, il dénonce le double pouvoir, temporel et spirituel, du pape. Dans *Les Cenci*, Sa Sainteté condamne à mort Béatrix et les siens afin de dissuader les fidèles de supprimer leurs riches parents pour récupérer leur héritage.

L'amour et la morale – Jusqu'où peut-on aller par amour ? Dans *Vanina Vanini*, l'héroïne trahit par passion la cause politique de la patrie ou plutôt de la conspiration ; elle finit par renoncer à l'idéal en se mariant avec un jeune homme aimable mais superficiel. À l'autre extrémité, *Les Cenci* plante le décor d'une société où l'amour se trouve ravalé au niveau de la sexualité la plus dégradante ; la nouvelle nous confronte aux conséquences catastrophiques du libertinage de mœurs qui consiste à nouer des relations charnelles multiples, sans amour. Refusant son rôle de victime, Béatrix retourne la violence contre son bourreau et se montre digne dans la maîtrise de sa mort, qu'elle organise comme un spectacle esthétique. Femme ardente et passionnée, Vanina agit pour faire sortir son amant de prison ; en fait, elle privilégie la passion sur le devoir. Béatrix, elle aussi, vit en recluse sous l'autorité despotique de son père, puis en punition de son crime. Mina veut échapper à un destin tout tracé, à une vie qui ressemble, pour elle, à une prison.

Avec *Mina de Vanghel*, la narration aborde la question du fonctionnement même de la passion amoureuse et montre l'aveuglement de ceux qui préfèrent leur représentation du monde à sa triste réalité : il ne leur reste que le suicide.

Le problème se pose donc de savoir s'il est possible de vivre après avoir trahi son idéal. Peut-on triompher des méchants, fussent-ils (et surtout) de notre famille ? Autant de questions qu'exposent, indirectement, les œuvres de Stendhal. Au total, notre recueil nous incite à réfléchir à ce que nous voulons faire de notre existence et, également, à ne pas désespérer de nous-même, mais surtout, à prendre une conscience lucide de nos faiblesses ainsi que des médiocrités de la société. La conclusion s'avère pessimiste : on ne change pas les hommes, mais on peut tenter de ne pas trop souffrir à leur contact.

Le propre de la littérature ne consiste pas, en effet, à donner des réponses toutes faites, mais à ouvrir la voie de la prise de conscience personnelle et lucide par le questionnement.

Le conflit de la passion exigeante et de l'héroïsme altruiste

Dans notre recueil, Stendhal noue ses intrigues en opposant l'amour aux pratiques sociales ou politiques. Il centre l'intérêt dramatique sur le conflit traditionnel de l'amour et du devoir, mais il renouvelle le thème en l'intensifiant jusqu'à son degré le plus extrême : chez lui, la passion amoureuse, folle, à l'italienne, se conjugue à l'espoir, tout aussi exacerbé, de renverser l'absolutisme politique. Le héros intériorise le conflit avec une telle intensité que le dénouement ne peut se trouver que dans le suicide (*Mina de Vanghel*), la séparation du couple (*Vanina Vanini*) ou la mort (*Les Cenci*). Épris de liberté et attaché à sa représentation de la passion partagée, à son idéal du moi et de l'autre, il ne saurait exister qu'en se réalisant par le sacrifice des petitesses humaines à son besoin d'absolu. Il manifeste des exigences telles que rien ni personne ne saurait les satisfaire. De même, dans *Le Rouge et le Noir*, roman contemporain de la création de certaines nouvelles, Julien Sorel refuse de réussir en trahissant ce qu'il est profondément.

Stendhal n'évoque que des sentiments intenses, au-delà de la morale : délatrice par passion, Vanina Vanini s'enferme dans sa folie sentimentale et perd l'amour de Missirilli, le carbonaro dont elle a trahi la cause pour le garder auprès d'elle. En opposition, la trop idéaliste Mina de Vanghel incarne l'héroïne victime de la cristallisation amoureuse, car elle pare de toutes les qualités un homme qui ne la mérite pas et finit par retourner chez sa femme. Par son suicide, elle signifie son refus de vivre dans une société qui n'est pas à la hauteur de son idéal ; avec ce personnage, Stendhal administre la preuve de son absence, relative, de sexisme. Mina réunit les deux figures du féminin selon Stendhal : comme Mme de Rênal dans *Le Rouge et le Noir*, elle ne dissocie pas sa personne de sa passion : elle n'est qu'amour et, qui plus est, amour oblatif. Les deux femmes ne peuvent exister qu'en fonction de l'objet aimé ; Mme de Rênal meurt peu de temps après l'exécution de Julien ; Mina se suicide : comme Mathilde, la seconde amoureuse du *Rouge et le Noir*, elle ne veut demeurer fidèle qu'à son idéal.

Ainsi, l'amour et l'estime doivent aller de pair et la passion connaît toujours un dénouement tragique. *Les Cenci* illustre les conséquences désastreuses du libertinage paternel et la tragédie d'une fille lâchement abandonnée par son amant ; plus encore, la nouvelle dénonce les insuffisances d'une justice impuissante à défendre les victimes contre leurs bourreaux : les enfants du libertin ont eu le tort de vouloir se défendre ; ils sont condamnés au châtiment suprême.

Le beau idéal n'existe pas – Stendhal critique l'idéalisme esthétique. La conception du beau tient, pour lui, au type de société reflété par l'œuvre : la beauté absolue n'existe pas. La notion de beau demeure relative à l'état d'avancement d'une civilisation. Ainsi, pour Stendhal, la conception du beau se trouve liée à une interprétation intellectuelle : elle reflète la vision du monde propre à une société, à un moment donné de son évolution ; elle révèle donc ses choix culturels.

Annexes

De vous à nous

Vanina Vanini (p. 68)

1 – Étude du récit. Vanina sauve la vie de Missirilli par deux fois. Tout d'abord, elle s'occupe de sa santé lorsqu'il est malade à Rome. Ensuite, elle fait en sorte d'obtenir sa grâce. Mais elle le perd, pour elle puisqu'elle finit par épouser Livio Savelli, et pour la patrie puisqu'il refuse de se sauver au prix payé : la trahison de la conspiration qui aurait pu libérer le pays.

2 – Les ressorts mystérieux de l'action. Monsignor Catanzara est gouverneur de Rome et ministre de la Police ; c'est aussi l'oncle de Livio Savelli. C'est lui que Vanina surprend, un soir, chez lui ; elle le menace de mort s'il n'accorde pas la vie sauve à Missirilli. Elle lui fait peur aussi en évoquant la possibilité, pour lui, d'être empoisonné. Monsignor Catanzara ne sait comment obtenir la grâce de Missirilli. Or, il se trouve que le pape ne veut pas la mort du conspirateur ; pour mieux obtenir sa grâce, monsignor Catanzara fait des difficultés : il est, en effet, ministre de la Police et ne tient pas à être accusé de collusion avec les conspirateurs… Stendhal ne commente pas les actions de ce personnage qui fréquente les puissants et dont les agissements doivent demeurer sinon secrets du moins auréolés d'un certain mystère.

3 – Analyse du texte. La réaction finale de Missirilli est cohérente avec la psychologie du héros stendhalien : il ne transige pas avec ses idéaux. Aussi ne peut-il vivre heureux dans un monde fait de compromissions. On peut discuter de ce type de représentations ; mais ce héros pur, jeune, parfait, épris d'absolu, incarne un modèle ; en tant que tel, il ne saurait déroger, sous peine de sacrifier l'aristocratie de l'esprit aux turpitudes de la médiocrité. Pour Stendhal, il n'est de paradis que perdu.

4 – La scène du bal. Le héros stendhalien s'ennuie profondément durant ces parades, vaines et vides, de l'aristocratie que constitue le bal. Ce motif se prête, par la suite, à l'interprétation parodique chez Flaubert : dans *Madame Bovary*, l'héroïne se laisse prendre au piège, aux illusions du bal. Dans l'œuvre de Stendhal, nulle part plus qu'au bal les protagonistes se sentent étrangers à leur société, soumise aux apparences et dominée par les signes extérieurs de richesse

5 – L'amour dans la nouvelle. Contemporaine de la rédaction du *Rouge et le Noir*, *Vanina Vanini* développe une conception exigeante, une forme de « morale » stendhalienne de la passion. En effet, Vanina ressemble beaucoup à Mathilde de La Mole, héroïne du *Rouge et le Noir*; aristocrate, Vanina tombe amoureuse d'un jeune conspirateur issu d'une catégorie sociale inférieure; de même, Mathilde succombe non tant au charme qu'à la supériorité morale de Julien Sorel, fils d'un paysan. « Si, avec sa pauvreté, Julien était noble, mon amour ne serait qu'une sottise vulgaire, une mésalliance plate; je n'en voudrais pas; il n'aurait point ce qui caractérise les grandes passions : l'immensité de la difficulté à vaincre et la noire incertitude de l'événement. » *Le Rouge et le Noir*, chapitre XII, « Serait-ce un Danton ? ». Mais, dans le roman, les deux amoureux s'observent et combattent à armes égales; l'un comme l'autre s'affrontent dans un duel d'orgueil et de passion. À l'inverse, Mme de Rênal représente la femme amoureuse, prête à tout donner pour le bonheur de l'être aimé. Vanina incarne donc, comme Mathilde, la femme passionnée, exigeante, extrémiste, donc égoïste. Elle ne peut que courir à l'échec, car Pietro ne saurait abandonner la cause de l'Italie.

Mina de Vanghel (p. 129)

1 – Vocabulaire. L'amour, c'est l'inclination sentimentale que l'on éprouve pour une personne qui peut être de sa famille mais aussi, avec une attirance sensuelle, pour une personne étrangère à sa famille. Il suppose que l'on cherche à faire le bien de cette personne. La passion, elle, recèle un fond d'amour-propre et de possessivité qui la rend aliénante : on veut que l'autre nous aime, à tout prix selon Stendhal. Mina paraît éprouver davantage de la passion que de l'amour pour Alfred. Lui, en revanche, semble inapte à l'amour et à la passion : il n'aime que lui. C'est la preuve, pour Stendhal, d'une insuffisance de l'être.

2 – Qu'est-ce que la séduction ? Pour Stendhal, le potentiel de séduction de Mina vient de son authenticité. Par nature, elle possède une force véritable, non apprêtée. On se reportera aux pages 80 et 81 pour mieux faire la différence entre Mina et les jeunes Françaises :

> Toutefois Mina ne prit point les façons d'une jeune Française. Tout en admirant leurs grâces séduisantes, elle conserva le naturel et la liberté des façons allemandes. Madame de Clély, la plus intime de ses nouvelles amies, disait de Mina qu'elle était *différente*, mais non pas singulière : une grâce charmante lui faisait tout pardonner ; on ne lisait pas dans ses yeux qu'elle avait des millions ; elle n'avait pas la *simplicité* de la très bonne compagnie, mais la vraie séduction.

Lorsqu'il parle de la « simplicité » de la bonne compagnie, Stendhal fait allusion à l'affectation de simplicité qui rend les gens riches d'autant plus protecteurs et, en somme, méprisants vis-à-vis d'autrui. Mina, elle, ne pense pas que l'argent la dote d'un prestige tel qu'elle n'a plus rien à faire pour attirer les autres.

3 – La représentation romanesque de la passion amoureuse. Dans *Eugénie Grandet*, Balzac donne une représentation très altruiste de la passion amoureuse puisque son héroïne, Eugénie, sacrifie toute son existence à une passion non partagée pour son cousin, Charles, qui, lui, ne pense qu'à l'argent et aux valeurs fausses de son époque. Quant à Villiers de l'Isle-Adam, il produit, dans *Les Diaboliques*, une version très extrémiste de la passion partagée puisque ses héros connaissent un coup de foudre si aveuglant qu'ils finissent par tuer l'intruse, qui les empêche de se rejoindre. En somme, les héros de Stendhal se situent au confluent de ces deux types de représentations romanesques.

Les Cenci (p. 187)

1 – La conspiration. Monsignor Guerra est touché par les infortunes de Béatrix. D'après la rumeur publique, il éprouve pour elle des sentiments qui l'incitent à fomenter une conspiration. Il fixe le lieu et les moyens de l'action ; pour ce faire, il achète les services de deux hommes, Marzio et Terni. Il met son plan à exécution le 9 septembre 1598. Ces projets réussissent mais la justice va se mêler de l'affaire.

2 – Les différentes péripéties. Une péripétie est un retournement de l'action qui relance l'intrigue et le suspens. Le principal juge de Naples semble faire du zèle en se saisissant de l'affaire concernant la mort de François Cenci ; il l'étudie avec scrupule et la renvoie à Rome. Concernant Monsignor Guerra, le sort déplorable que connaissent ses deux hommes de main (l'assassinat de Terni, l'arrestation et les aveux de Marzio) le détermine à se déguiser en marchand de charbon et à se sauver à l'étranger. Ulysse Moscati est le juge romain qui entend les présumés coupables. Le pape Clément VIII craint que ce juge ne soit séduit par la jeune fille. Constance Santa Croce est assassinée par son fils, qui veut hériter de sa fortune. C'est à la suite de ce crime que le pape décide de condamner à mort Béatrix et sa famille. Ulysse Moscati et Constance Santa Croce interviennent lors des deux péripéties qui se succèdent pour faire rebondir l'action et entretenir le suspens dramatique.

3 – Le jeu sur la voix narrative. Le récit présente les faits de l'Histoire à partir du point de vue d'un narrateur central : soit celui-ci raconte les aventures d'autrui sans y participer et il revêt les caractéristiques du **narrateur-témoin** ; soit, en tant que **narrateur-acteur**, il relate ses propres expériences. Le « narrateur-témoin » se contente de rapporter les faits auxquels il a assisté. Le « narrateur-acteur » y a participé. Dans *Les Cenci*, il s'agit, bien évidemment, d'un narrateur-témoin. Stendhal le met en scène à l'intérieur du récit parce que, grâce à sa présence, il ancre les faits dans la réalité historique – même, et surtout, si la nouvelle stendhalienne puise largement dans la légende locale, le narrateur du manuscrit donne de la crédibilité au récit : il l'authentifie.

Depuis le XVIIᵉ siècle, les romanciers ont souvent présenté leur œuvre comme étant un manuscrit dont ils garantissent l'authenticité. Ce procédé a pour fonction de doter de lettres de noblesse le roman – un genre à l'origine mal considéré par rapport à la poésie ou au théâtre – mais aussi de créer **l'illusion romanesque**, de présenter les faits racontés comme authentiques pour mieux les crédibiliser. L'auteur dispose de différentes possibilités pour accentuer cette illusion de réel ou, à l'inverse, pour en jouer. Dans *Les Cenci*, Stendhal joue sur ces effets de réel.

4 – Qu'est-ce qu'un mythe ? Le mythe, c'est la représentation symbolique d'une situation humaine exemplaire, apportant une réponse indirecte à une interrogation existentielle.

Le mythe de don Juan

Comme celui de Faust, **le mythe de don Juan** appartient à la mythologie moderne puisque cette figure légendaire trouve une forme littéraire au XVIIᵉ siècle en pleine floraison du théâtre baroque et, surtout, dans un contexte fortement religieux. Il acquiert une dimension littéraire et une signification morale fortes sous la plume d'un Espagnol. 1630 voit la création du *Burlador de Sevilla* du frère Gabriel Téllez; né à Madrid vers 1580, entré à vingt ans dans l'ordre de Notre-Dame-de-la-Merci, il devient prédicateur en Amérique, à Saint-Domingue. Sous le pseudonyme de Tirso de Molina, il écrit près de trois cents pièces. Dans le contexte de l'Espagne des Habsbourg, son œuvre recèle un sens théologique : il stigmatise une existence immorale parce que vouée aux satisfactions de la chair. Au travers de la figure emblématique de don Juan, Molière pose la question suivante : si Dieu n'existe pas, est-ce que tout est possible, ou permis ? La rhétorique religieuse dissimule le désir et la volonté de pouvoir. Les reproches de Stendhal à Molière ou à Mozart traduisent sa propre lecture du mythe : son don Juan ne peut être qu'une brute en proie à des passions primitives. La légende italienne fait de François Cenci un monstre moral, un père indigne, un homme sans morale, qui pratiquait la pédérastie. Stendhal fait de lui un homme atroce et un père indigne.

Bibliographie

Œuvres de Stendhal

Il faut lire Stendhal : rien ne remplacera une connaissance personnelle de ses grands romans : *Le Rouge et le Noir* (La bibliothèque Gallimard, n° 24), *La Chartreuse de Parme* (Folio classique, n° 3925).

Promenades dans Rome (Folio classique, n° 2979) : ne vous laissez pas décourager par l'épaisseur apparente du volume, car vous ne serez pas contraint de le lire d'une traite ; il se compose de fragments lisibles de manière discontinue et composant comme les facettes d'un prisme éclairant la personnalité générale, complexe et séduisante, de son auteur.

Vie de Henry Brulard (Folio classique, n° 447), son autobiographie si particulière, qui intègre dans la rétrospection le travail de la mémoire et l'impuissance d'atteindre une restitution objective de la réminiscence.

De l'amour (Folio classique, n° 1189), ses réflexions sur la passion amoureuse : ne vous laissez pas impressionner par l'appellation d'« essai », ouvrez le livre et vous serez surpris, agréablement, par le ton de la conversation adopté par Stendhal pour vous parler. Pour enrichir votre lecture des *Cenci*, vous lirez avec profit le chapitre sur don Juan et Werther, le héros romantique de Goethe.

Études critiques

Michel Crouzet, *Stendhal, ou Monsieur Moi-même*, « Grande Biographie Flammarion », Flammarion, 1990. Un ouvrage très complet, mené par un auteur érudit et soucieux de se faire comprendre.

Paul Desalmand, *Stendhal, un pari sur la gloire*, Presses de Valmy, 1999. Cet ouvrage se recommande par sa pertinence, la finesse de ses jugements toujours originaux mais aussi par le ton de la conversation qu'il noue avec Stendhal et son lecteur. Du même auteur, on pourra lire un essai comparatiste : *Stendhal Sartre, la morale ou la Revanche de Stendhal*, Le Publieur, 2002.

Jean Prévost, *La Création de Stendhal*, Gallimard, Le Mercure de France, 1951, « Folio essais », 1996. Cet essai se recommande par la précision de ses analyses narratologiques et stylistiques.

Claude Roy, *Stendhal*, « Écrivains de toujours », Seuil, Microcosme, 1951. Indémodable parce que profond, ce volume, toujours d'actualité, propose une approche dense et personnelle de notre auteur.

TABLE DES MATIÈRES

Dans la même collection

Lycée

Pour plus d'informations :
http://www.gallimard.fr
ou
La bibliothèque Gallimard
5, rue Sébastien-Bottin – 75328 Paris cedex 07

Cet ouvrage a été composé
et mis en pages par Dominique Guillaumin, Paris,
et achevé d'imprimer
sur les presses de l'imprimerie Novoprint
en septembre 2004.
Imprimé en Espagne.

Dépôt légal : septembre 2004
ISBN 2-07-031668-8

130048